U0099883

魔女沫沫的另類修行

孤獨的朋友

10

蘇飛 著

玉子燒 繪

新雅文化事業有限公司
www.sunya.com.hk

目錄

角色介紹

羅賓

魔女沫沫的修行助使，牠是一隻十分囉嗦的知更鳥。

沫沫

小魔女，具有神秘的魔覺力。外表與人類相似，但長得十分矮小。她臉色雖有些蒼白，神情也很冷酷，卻宛如洋娃娃般精緻美麗。有時沫沫為了幫助人類，會違規使用魔法。

齊子研

小魔女，聰明而有點高傲，個性外向而衝動，脾氣來得快也去得快，願望是當上麒麟閣士。

喬仕哲

小魔子，子研的表哥，頭腦冷靜，處事謹慎，是守規矩的乖乖紳士。

房米勒

小魔子，魔法力不高，但為人熱情憨厚，總是熱心助人，口頭禪是「你不知道」。

林志沁

小魔子，暴躁易怒，心胸狹窄，一直找沫沫和米勒的錯處。

科靜

尼克斯魔法修行學校的校長，聰明大方，氣質高雅，擁有神秘的魔覺力。

嚴農

沫沫的養父，是魔侍中的貴族。由於擅長煉藥，被人稱為魔法藥聖。

圖：Tamaki

速度力
使速度加快。

咒語：
德起稀達，速！

開花力
讓物件冒芽開花。

咒語：
阿殼麻鑽，開花！

催眠力
讓物體睡去。

咒語：
系諾絲，眠！

飛行力
可以騰空飛行。

咒語：
提希而，騰空！

拔除力
拔除某物。

咒語：
梅達基泥息，拔除！

凝水力
凝聚周圍的水氣，變成水。

咒語：
易汲拉匣，辛彼挪胍兜──凝！

燃火力
讓東西燃燒起來。

咒語：
科勾得司火特雅，燒！

滅火力
撲熄火種。

咒語：
卡塔斯微熄，滅！

魔侍手冊

每個魔侍都有一本魔侍手冊，翻開第一頁即寫明魔侍必須遵守的守則。

魔侍們還可以透過魔侍手冊查找所需資料，比如找出需要幫助的人類資料、煉藥小屋可以安置的地方等等。

綠水石

一塊晶瑩剔透、大小有如一顆雞蛋的暗綠色石頭，屬於稀有魔法物品。

通過它，魔侍能看到某個人類的行動與狀況。它還具有預示危險事件的魔力及視像通話功能。

魔法緞帶

一種特殊魔法道具，必須通過提煉而成。有各種不同功能的魔法緞帶，比如變形緞帶、搬運緞帶、移行緞帶等等，每種緞帶具有不同顏色。

「鼴鼠」小組

「鼴鼠」小組成立的原因，是為了追查虐待狡狳小球及私自放出古生物的可疑魔侍，行動代號為「鼴鼠」，小組成員包括沫沫、米勒、仕哲和子研等人。

這些都只是一小部分的魔侍知識。若想提升魔法力，你就要多留意書中提到的各種知識了！

❖—魔侍守則第一條—❖
不能用魔法有意傷害人類。

❖—魔侍守則第二條—❖
與人類保持距離，
不能與他們成為朋友。

❖—魔侍守則第三條—❖
守護人間正義及秩序，
有能力者必須幫助地球上
需要幫助的人。

引子

　　在很深很深的叢林裏頭，住着一羣不為人知的特別物種——魔侍。

　　魔侍的外觀與人類相似，他們與人類最大的分別，就是擁有某些特殊的神秘力量——魔法力。

　　魔侍與世無爭，熱衷於修行，並分為三個族羣——費族、仁族和松族。

　　他們與人類一樣有男女之分，男的被稱為魔子，女的則喚作魔女。

　　魔侍與人類原本河水不犯井水，互不相干。直到某一天，一位人類踏入他們位於叢林深處的家園……

從此，人類便與他們扯上了關係。

叢林周邊的小城鎮開始有一些關於他們的流言蜚語，甚至有人傳唱：

潘朵拉的盒子開啟了

在東方最隱秘的森林

魔女狂妄起舞

酷暑夏至來臨

眾星繞月之時

傲慢人類承受浩劫

魔侍不喜歡人類對他們的誤解，因此他們之中有些人走出叢林，來到人類的世界。

如果你遇見了他們，是幸運，還是不幸呢？

第一章
紅磚屋的老貓

桑林鎮是個小城鎮，處於熱帶地區，在桑林鎮東側邊緣有個廣大的沼澤地帶。

在沼澤邊居住的，多是貧苦人家，但也有例外的。

有一户佔地千多平方尺的特色紅磚屋，外觀古樸雅緻，屋外是**綠油油**的田地，種植了各種花果蔬菜。

這天，紅磚屋的老太太從屋內走了出來，打開圍欄準備到外面為心愛的蔬果施點肥料，誰知肥料袋旁竟有個黑黑的東西！

老太太嚇了一跳，緊接着她臉上漾開了一抹微笑。

原來肥料袋後方不知何時躲了隻**毛髮蓬鬆**的灰色老貓。老太太露出極其温柔的面容，對貓咪

說：「別怕，你是不是餓了？」

　　貓咪的渾濁眼珠骨碌碌地轉了一下，老太太過去一把將牠抱起，說：「走吧！婆婆給你吃魚。你喜歡吃魚對吧？」

　　貓咪沒有吭聲。老太太兀自說着話，將貓咪帶進屋裏。

第二章

久違的開學日

　　在紅磚屋後方十里之外，就是沼澤地，沼澤的另一邊，隱藏着一處人類從未踏足之地。

　　沼澤盡頭，有片**荒蕪**的棕櫚樹林，過了棕櫚樹林有個迷霧區，迷霧區再往前不遠，竟是別有洞天的綠色大地。

　　這塊綠色大地正是尼克斯魔法修行學校，是魔侍世界培育魔子魔女的知名學校之一。

　　學校被高達七米的樹籬圍繞着，一般人類即使來到這兒也無法進入，因為樹籬上的藤蔓可是具有魔法力量的魔法藤蔓，會將想偷偷潛入的生物死死纏住，並用力地甩出去！

　　這會兒，樹籬內**生機勃勃**。

　　春天的降臨，讓樹林中各種植物爭先恐後地冒出許多鮮嫩可愛的幼芽，生活在這片隱秘土地的小

動物們也紛紛從冬眠的舒服窩裏探出頭來，迫不及待地一窺**綠意盎然**的美好世界。

突然，空氣中傳來嗖嗖嗖的聲響。緊接着，樹林中出現一個又一個快速奔跑的身影！

一大羣穿着魔法學校制服的魔子魔女，正使用速度力快速穿行於樹林，朝「魔法味蕾」食堂前進，準備吃完早餐再出發去教學大樓上課啊！

原來，今天是尼克斯魔法修行學校新學年開課的日子。經過漫長的年終假期，學生們好些日子沒到學校，現在重返校園的懷抱，大家不禁都顯得莫名期待、**精神振奮**呢！

沫沫和仕哲、子研、米勒也在這羣朝氣勃勃的魔侍當中。大夥兒整個月沒見，一見面即興奮地說個不停。四人在魔法味蕾買了簡單的早點，好不容易在角落找了個位子。

「你們年終假期去哪兒玩了？」個子瘦小的米勒邊吃邊問。

「嘿，哪裏有得玩？我回到家就被那個控制狂

14

老爸迫着看一堆魔侍古籍，後來假期快結束時難得說帶我出門，我以為終於可以出去透透氣了，誰知竟然去什麼史籍典藏館！我的假期就這麼無聊地過去了，唉！我寧願待在學校也不回家啊！」

子研埋怨地翻了好幾個白眼。在魔法教育部任職教育委員會主席的父親向來希望子研能繼承他的**衣缽**，學習好魔侍史籍，考上教育部，編寫魔法教程，安穩地過日子。

「總好過我哪裏都沒得去，在家幫忙種植雲朵菇啊！」米勒説。

「為什麼在家種雲朵菇？你們也是自栽來吃嗎？」沫沫好奇地問。

家住濕地家園的沫沫一直以來都是自給自足，只吃自己栽種的食物。

「我家屬於種植戶，靠種植為生。近年雲朵菇需求增加，爸爸就決定全力栽種這種營養價值高，利潤也不錯的菇類。你不知道，我現在可算是半個雲朵菇專家！」米勒一副**與有榮焉**的模樣。

「為什麼是半個專家？」沫沫總是會注意到一些細節，問道。

「其實……我種的雲朵菇有一半都活不了。」米勒漲紅着臉，不好意思地吐吐舌頭。

子研差點兒吐出嘴裏的食物，她抹了抹嘴，道：「虧你還是初階魔物師啊！* 怎麼會種死雲朵菇？」

「我是魔物師，又不是種植專家。沒辦法啊！」

「仕哲你呢？放假有出門走走嗎？」沫沫看向專心吃東西的仕哲。

仕哲吞下最後一口三文治，喝了口茶，回說：「本來沒有的，但我聽説凌老師帶學生去人類世界，所以就申請參與他們的行動。」

「為什麼去人類世界？」米勒好奇問道。

「早幾天是元旦，人類製造了許多垃圾，我們

---

* 想了解米勒取得初階魔物師執照一事，請參閱《魔女沫沫的另類修行 9：魔物師競賽》。

的任務是使用魔法力快速將垃圾清理乾淨。」

「原來還有這麼有意思的行動。下回記得通知我啊！」沫沫說。她喜歡幫助人類，不過可從來沒有試過幫人類清理垃圾呢！

這時站在沫沫肩膀吃着泥魚卵飯糰的羅賓探出頭來，道：「沫沫你有時間嗎？這個假期你和農叔一直躲在煉藥房煉藥，元旦當天才趕完全部魔法緞帶的訂單，之後你還躲在煉藥房，繼續煉了好幾條魔法緞帶帶來學校傍身，你哪裏可能有時間去人類世界幫忙清理垃圾？」

羅賓**喋喋不休**地說着，仕哲、子研和米勒都瞪大了眼望着沫沫。

「魔法緞帶這麼多訂單啊？如果農叔可以早一點教導我，我就可以幫你們提煉了！」子研期待地眨眨眼道。

仕哲歎口氣，道：「你就別想這個了，魔法藥聖可不會那麼輕易就教你他的*獨門祕方*。」

「不，他明明答應要教我，只是沒說什麼時候

教我而已。*」子研不服氣地說。

「所以說，你還是別想**不切實際**的事，多讀些魔侍史吧！去年你差點兒不及格，今年可要加強這一門課才不會墊底。」

「你真是囉嗦！我在家已經被老爸煩死了，來到學校還要被你煩。」

「你以為我要煩你？是姑丈託我看着你，要是你不及格，我可不知道怎麼面對姑丈。」

仕哲與子研是表兄妹，他的姑丈正是子研的父親。

「哎呀，你們別吵了，今年的新課程不知道由什麼老師教呢！你們難道就不好奇嗎？」米勒有些擔憂地說。

「好奇也沒用，上課時間表到現在都還沒出來。待會兒去到課室就知道了。」仕哲說。

這時，魔法味蕾的學生都吃飽早飯走得七七八

---

* 想知道之前子研和嚴農見面的經過，請參閱《魔女沫沫的另類修行1：魔女不可怕》。

八了，他們四人也趕緊收拾好桌子，匆匆出發去教學大樓。

臨走前，仕哲讓懷裏的修行助使毛利出來，子研的修行助使布吉立即飛到毛利背上，兩隻小生物匆忙往修行助使寄養所前進。

「羅賓，不如你也跟毛利牠們去寄養所吧！在課室必須保持安靜，又不能出來走動，會悶壞你啊！」沫沫建議道。

羅賓從沫沫懷裏飛了出來，說：「我陪你一起上課，不會悶。」

「一般魔侍上課時都會盡量將修行助使放到寄養所，羅賓你是過度**操心**沫沫了啦！」子研盤起雙手，扁扁嘴道：「不用一直看着沫沫，她又不是小孩。」

「子研說得沒錯。羅賓，我已經可以獨立行

動，你也是時候交些朋友。」

羅賓**晃晃頭**，道：「我不需要朋友。沫沫，我身為你的修行助使，本來就是要幫助你修習魔法啊！你之前都一直待在濕地家園，從來沒有出過門，所以我才比較緊張你，而且我答應農叔要好好看着你，保護你的安全……」

羅賓又喋喋不休地**說個不停**了，沫沫趕緊說：「我知道農叔擔心，不過我不再是從未出過家門的小魔女。我已經升上水三班，還跟米勒一起參加競賽取得了初階魔物師執照，有什麼好擔心的呢？」

「話可不是這麼說，沫沫你總是太過熱心，我怕──」

這時米勒提醒道：「快遲到了，沫沫，我們得快點了！」

「沒什麼好怕的，你就放心去寄養所吧！」說着沫沫和伙伴們擺起了魔法手勢，嘴裏唸道：「德起稀達，速！」

嗖地一聲，四人很快就消失了*蹤影*。

第三章
迷彩樹上的怪東西

羅賓與沫沫分別後，並沒有去寄養所，牠其實不太想去那裏。

「不去寄養所，去哪裏呢？回去宿舍的話，我肯定會悶到發慌……」

羅賓思索了一會兒，**振翅**往附近的休閒步道飛去。

尼克斯魔法修行學校有幾處休閒步道，讓魔侍們在課後或課間可以休息散步或複習課業。

羅賓來到最靠近教學大樓的休閒步道，這會兒學子們都在上課，休閒步道**冷清清**的，沒有半個人影。

羅賓沿着無人的步道飛翔，兩旁是層層疊疊的熱帶植物，牠感受着植物散發的幽香氣息，感到無比的舒適。

「呵！早晨來這清幽的休閒步道，真的很舒暢啊！」

羅賓飛過步道旁的小池塘，低頭俯視池塘裏悠遊的小魚兒，心情無比暢快。

「看來我偶爾也需要放鬆一下，就像沫沫說的，她已經不是第一次離家的小魔女，我應該放下心來，別一直緊盯着她，那樣不單對她來說會有壓力，對我自己可能也不好啊！」

羅賓驟然停在半空。

「不過……不緊盯着沫沫，我該做什麼好呢？」

打從成為沫沫的修行助使後，羅賓的心思都放在沫沫身上，根本沒想過自己的事。

呆愣在空中的牠差點兒跌下來，牠趕緊搧動翅膀，朝前方的一片小樹林飛過去。

「我應該想想怎麼做才能讓沫沫更好的學習魔法力……」

想着想着，牠目光突然被四周五彩斑斕的樹幹吸引了。

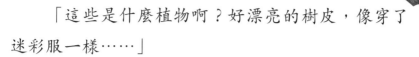

「這些是什麼植物啊?好漂亮的樹皮,像穿了迷彩服一樣⋯⋯」

羅賓張嘴讚歎着,速度慢下來,趨近樹木察看。突然,一個尖利物朝牠的眼珠刺了過來——

羅賓驚呼一聲急急往後退去!

「什麼東西敢偷襲我?」羅賓氣惱地咒罵着,定睛一看。原來那迷彩樹幹上竟貼着一隻**枯瘦**的怪手!

羅賓倒抽口涼氣,嚇得躲去另一棵樹後。

此時的怪手也一樣被嚇得爬去樹後。

過了半晌,羅賓慢慢探出頭來,怪手也伸出半個身子,互相**打量**對方。

羅賓問:「你是什麼?為什麼躲在這裏?」

怪手伸出乾枯的食指晃一晃,再指指樹幹。

羅賓歪着頭想了想,說:「你是説你沒有地方去,所以躲在這裏?」

怪手似乎難過地垂下手指。

羅賓從樹後出來,仔細**端詳**怪手,怪手縮起了

身子，顯得很害怕的樣子。

　　羅賓皺了下眉，道：「雖然不知道你是什麼，你——應該不是壞蛋吧？」

　　怪手趕緊晃晃手。

　　「你也不是修行助使，對嗎？」

　　怪手點了點手指。

　　羅賓突然戒備地瞇起眼，喝斥道：「尼克斯魔法修行學校不可能讓你這種奇怪的生物進來。説！你到底是怎麼混進來的？」

　　怪手被羅賓**咄咄逼人**的氣勢嚇得倒退幾步，一邊着急地晃着手。

　　「你不説，我只好把你帶去校長室，向科校長報告了！」

　　怪手晃得更厲害了。

　　羅賓意識到怪手開不了口，放軟語氣説道：「科校長不是什麼壞人。只要你沒有對尼克斯魔法修行學校的魔侍不利，也沒有對我們家沫沫做不好的事——」

羅賓提到沫沫時，怪手本能地抖了一下，羅賓注意到怪手的異樣，詢問道：「你認識我們家沫沫？」

怪手全身**微微顫抖**，然後點了下手。

「你是不是對我們家沫沫做了什麼不好的事？」

怪手顯得很驚慌，牠的確對沫沫做過不好的事，比如用障眼法讓沫沫看不清東西，害得沫沫將原本要買的高級食物變成平價食物，還讓沫沫拿錯惡神要她準備的魔侍史料[*]，但這些都是牠的主人志沁要牠做的事，牠可不能違抗啊！

「你快說！到底你對沫沫做了什麼？」羅賓**怒氣騰騰**地質問，但凡對沫沫不利或不好的人事物，牠都必須一一排除！

怪手膽子本來就小，給羅賓這麼逼問，慌得四處逃竄！

---

[*] 想了解怪手對沫沫做過的壞事，請參閱《魔女沫沫的另類修行5：追蹤魔侍任務》。

27

羅賓趕緊**打起十二分精神**，拍動翅膀搜尋怪手的蹤影。

「你快給我出來！」

羅賓飛高竄低地穿行於這片五彩斑斕的樹林中，但這些身着迷彩衣裝的樹木實在是隱身的極佳掩飾，羅賓找得**頭昏眼花**仍看不到怪手的蹤影。

「狡猾的傢伙。我就不信找不到你！」

羅賓嘀咕着，瞪大雙眼飛近每株迷彩樹仔細查找⋯⋯

第四章
意想不到的一堂課

沫沫和伙伴們來到七樓魔法力實踐課的課室。

大夥兒找了個前排位子坐下。

「哇！好緊張啊！不知道教我們魔法力實踐課的老師會是什麼樣的呢？一定是很有型、很帥氣的魔子吧！」

子研兩眼發亮地說道，這堂課是她最期待的魔法課，她最佩服魔法力使用得**出神入化**的魔侍了！

「魔法力使用得好就一定有型嗎？子研你必須戒掉這種刻板的想法。」仕哲理智地勸說道。

「哼！你就是喜歡潑我冷水。」子研不悅地噘噘嘴。

這時，門口傳來了腳步聲。米勒看了看手錶，道：「上課鈴聲還沒響，老師不會提早來到吧？」

「一般老師都是遲一兩分鐘才進課室──」子研未説完，一個瘦削的身影走了進來。

大夥兒坐直身子，偷偷瞄向新老師。但大家似乎立即被嚇着了，眼神趕緊收回來，露出不可言喻的表情。其中有的顯得懼怕，有的感到突兀，有的**難以置信**，有的忍不住竊竊私語。

「他是閉着眼睛嗎？」

「他右眼瞎了嗎？」

「好像不是吧？只是半閉着眼，應該還是看到的。」

「不，好像閉起來了⋯⋯」

有的同學不敢發出聲響，*擠眉弄眼*地無聲對話。

子研瞪大了眼，盯着與她想像天差地遠的老師走上講台。沫沫雖然也感到驚奇，但立即呵口氣，讓自己定下心來。子研向她投來愕然又失望的眼神，沫沫晃晃頭，讓她別説話，好好聽課。

子研低聲對沫沫抗議：「怎麼跟我想的完全不

一樣？」

「他是老師，不是偶像。不要**以貌取人**。」

子研緊皺着臉，一副世界末日降臨的模樣。

老師走上講台，在黑板上寫了自己的名字：威利·尼古拉。然後他轉過來，看也不看他們一眼，低垂着頭，以細小而低沉的嗓音說：「我是教導你們魔法力實踐課的老師。你們可以稱呼我威利老師。大家手上應該都有這本書吧？」

威利老師的視線仍舊沒有望向大家，只是展示給大家看手上的書。大夥兒馬上取出《實踐的想像》這本書，並回答：「有！」

威利老師翻開書本內頁，平放在講台的桌上，道：「好，我們先說說今年的進度。今年我們會學習到第一百一十二頁，這本書每年都會依據魔法力理論課的內容而作一些修正。接下來，請大家翻開第五頁。」

說着威利老師把頭靠得很近書本，像個大近視般指着書中文字讀出來。

「魔法力實踐的定義。魔法力實踐的意義，是將我們所學的魔法力落實為準確而有效的具體行動。實踐奠基於理論，即是將我們在魔法力理論課所學習到的魔法力咒語和理論通過實際施展，來驗證魔法力的實際效用。」

子研看着書中的文字，好像在看外星文，有看沒有懂。而威利老師扁平的聲音，更是像一首催眠曲，每一句都那麼的慵懶舒適，唱得子研頻頻打哈欠。

子研朝沫沫靠過去，歎口氣道：「想不到魔法力實踐課這麼無聊。」

「我倒覺得還好。」沫沫眨了眨眼，道：「威利老師應該是希望我們先了解這門課的基本意義。農叔說過，一切學問都得弄清楚它的基礎才能學得好。」

「聽你這麼說，我心裏好像有好過一點。」子研說着，打起精神看回書本上的文字。

威利老師繼續以他那催眠的扁平聲音讀着課文

內容，就在大家昏昏欲睡的時刻，他突然沉寂半晌，隨即合上書本。

「相信大家都大致明白了這堂課的主要內容和方向。現在，請同學將你們所學過的魔法力施展給我看看。」

大家聽到要在老師面前施行魔法力，全部清醒過來。沫沫他們坐在第一排，因此由他們率先施展魔法力。

「挑一個你覺得施展得不太順或覺得還能改進的魔法力。」威利老師拿着點名冊對比一下，看着沫沫，溫和地問：「你是嚴沫沫對吧？你想使出什麼魔法力？」

沫沫頭一回那麼清楚地面對威利老師的正臉，雖然她叫自己別去注意老師的右眼，卻反倒顯得過於刻意，像在迴避老師的視線。

沫沫警覺到自己似乎不太禮貌，趕緊回答老師：「是的，老師，我是嚴沫沫。我想施展對換力。」

「對換力啊……你覺得現在行使的對換力有什麼不足？」威利老師說。

「我希望可以兩種物體對換的時間長一些。」

沫沫此前曾經試過許多次施展對換力，但對換物體的時間都不長，比如她曾試過將一個喝醉酒的人類跟商店旁的帆布橫額對換位置，救了那位醉酒者。*

威利老師想了想，說：「對換物體時間長短較難掌控，不過，也不是沒有辦法。」

威利老師說着，温和的眼神變得**鋭利**起來，只見他望向講台的桌子，再對着後方的櫃子唸道：「安塔雷及，換！」

講台的桌子和櫃子馬上對換了位置！

他隨即問沫沫：「對換力成功使出的關鍵是什麼？」

沫沫回答道：「對兩種物體的默想及位置預

---

* 想知道沫沫施展對換力拯救醉酒者的事，請參閱《魔女沫沫的另類修行6：秘密尋親》。

測。」

「沒錯。所以延長對換時間所需要的，是持續默想兩種物品的位置。」

只見威利老師眼神放空地默想着。

大夥兒都**正襟危坐**地看着，大氣都不敢呼一聲。

時間一分一秒過去，直到老師的眼睛眨了一下，桌子和櫃子才換了回來。

威利對沫沫說：「你來試試看。」

沫沫深吸口氣走上前，往四周尋視，剛好角落有隻壁虎，沫沫於是比出有助於施展魔法力的魔法手印，隨即凝視着桌上的粉筆，唸道：「安塔雷及，換！」

粉筆頓時不見了，*取而代之*，是隻表情錯愕的壁虎。

壁虎似乎感到很驚慌，但牠假裝鎮定地定在那兒一動不動。

沫沫專注默想壁虎和粉筆的位置，大夥兒也緊

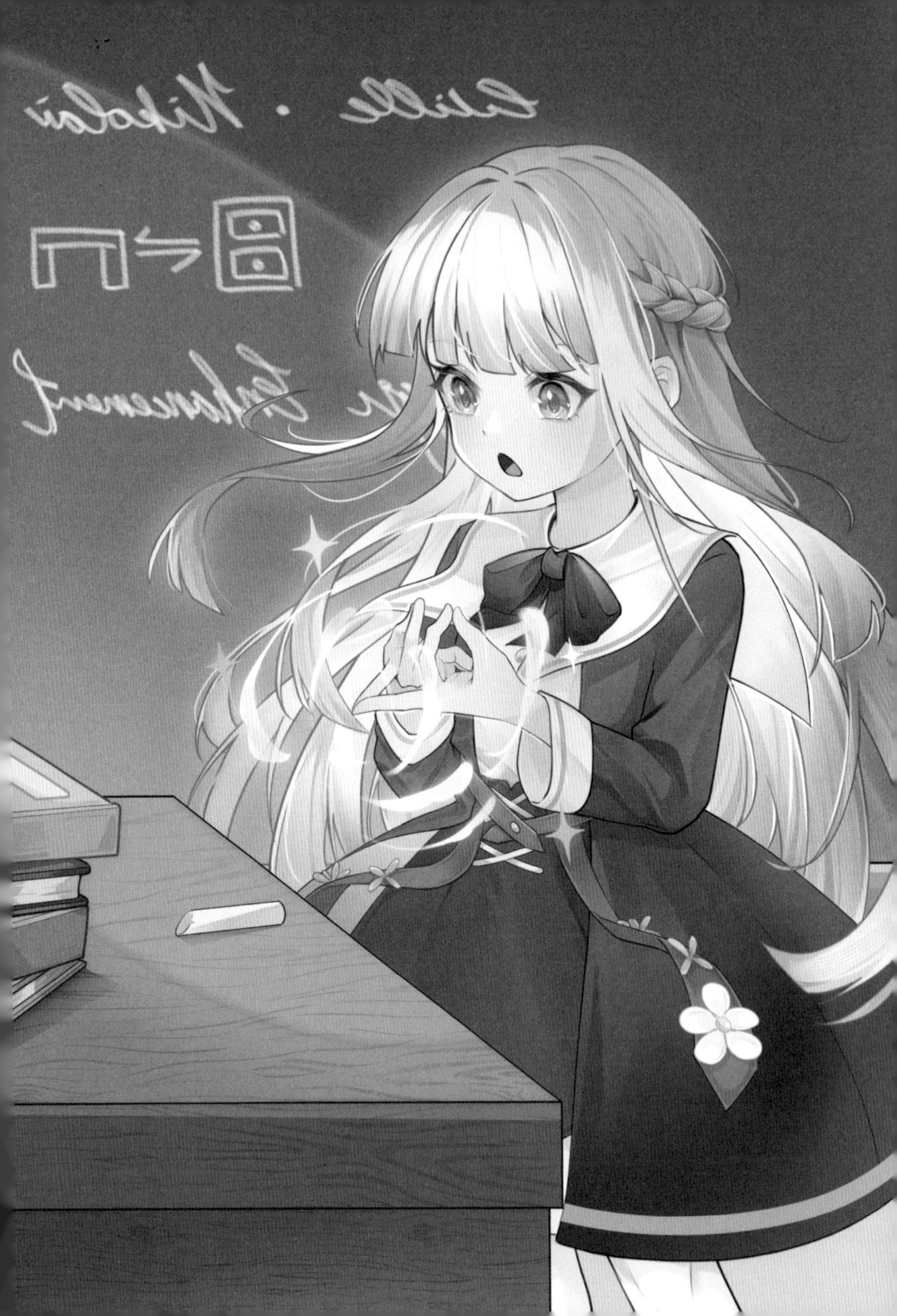

盯着壁虎，想着壁虎什麼時候會消失。

　　沫沫就這麼持續了一分鐘，這時壁虎的眼珠子溜了一圈，牠想讓自己隱藏起來，但又害怕大家注意牠，因此當牠發現大家停止不動時，終於忍不住動了一下，想立即竄去桌子底下。

　　而就在壁虎行動的那一刻，牠和粉筆換回位置了！

　　「對不起，老師，我分心了。」沫沫呵口氣道。

　　「沒關係，你做得很好。繼續練習，會施展得更好的。」

　　沫沫**欠身**謝謝老師的指導。

　　「施行對換力，還需看互換的物體。如果是會動的生物，對換的時間就很難延長，因為生物移動會讓我們失去專注力。」威利老師補充道。

　　「大家明白了嗎？」

　　大夥兒對威利老師的指導和說明感到很佩服，**拼命頷首**，一開始對老師的懼怕與陌生也瞬間消失了。

「你要施展什麼魔法力？」威利老師看向忙着關起背包的高敏。

高敏停住拉上拉鏈的手，這時她的修行助使高弟竄出頭來。

高弟是隻鴨子，牠喜歡看魔侍們施展魔法力，因此上魔法力課時牠時常讓高敏將背包打開一條小縫，然後悄悄在背包內欣賞同學們施行魔法力，牠尤其喜歡看沫沫施展魔法力呢。

「對不起，老師。高弟，你快回去！」

高弟乖乖地縮進背包內。誰知威利老師說：「沒關係，讓牠出來透透氣吧！」

高敏似乎很訝異，一般老師都不會觸犯學校規矩，允許修行助使*明目張膽*地在課堂上聽課。

高弟興奮地跳出背包，喜滋滋地看着老師。這時大夥兒才看到高弟身上穿着可愛的小洋裝，頭上戴着一頂小貝雷帽。同學間不禁發出**一陣竊笑**。

「你還沒説想施展什麼魔法力？」

「我……」高敏一時想不到要施展哪種魔法力，因為她的魔法力施展得並不好。

「或者説，你有想過要施展什麼樣的魔法力嗎？」威利老師換個問題。

高敏正要回答，調皮的芬克搶着説：「她喜歡醜醜的生物！最好有能把小鴨變醜的魔法力！」

芬克知道高敏最喜歡可愛的小生物，卻故意説反話。

馬蒂克也插話道：「何止啊！還要很噁心、恐怖的生物！」

高敏生氣地瞪他們，剛要辯解，威利老師説：「你們是芬克和馬蒂克吧？你們願意配合老師的指導嗎？」

兩位 **調皮鬼** 似乎覺得很有趣，但又不想配合老師，於是芬克説：「不是我們不想配合，是她的魔法力太差了。」

「對啊，老師，萬一她把我們變成怪物怎麼

辦？」

「那如果不把你們變成其他怪物，你們是不是願意配合？」威利老師問。

芬克和馬蒂克看着威利老師那半閉半開的眼睛，一時竟不曉得**反駁**，喏喏回道：「那……如果大家想看的話，我們非常樂意。」

「就這麼說定。」威利老師轉向高敏道：「你想讓他們的聲音變成動物的叫聲嗎？」

高敏覺得很有趣，馬上用力地領首，但隨即苦惱地說：「我每次施行變聲力都失敗。」

芬克着急地悄聲對馬蒂克說：「怎麼辦？萬一她把我們變成什麼怪聲──」

「放心啦！她從來都沒有成功使出變聲力，你擔心什麼？」馬蒂克說。

芬克想想也是，大聲說道：「老師你儘管讓她對我們使出變聲力吧！啊，變成魚的聲音如何？哎呀，不對，魚兒根本沒辦法發出聲音啊！哈哈哈！」

「哎呀，原來魚兒沒有辦法發出聲音啊！那我們不是會變成啞巴？」馬蒂克接着調侃道。

威利老師沒有理會兩位搗蛋鬼。他糾正了高敏的魔法手印手勢，指導她施咒時如何專注想像，再對高敏提出建議：「你的想像必須具體一些。比如在使出變聲力的當刻，仔細回想你身邊的小動物的聲音。」

「小動物的聲音？」高敏腦海立時浮現家中的小寵物。

「好的，老師！」高敏**高聲應答**，她轉向兩位調皮的同學，沉下氣來，緩緩擺出魔法手印，然後專注地唸出變聲力咒語：「阿拉氣佛逆斯——獅頭鵝！」

芬克和馬蒂克下意識地閉嘴不說話。

半晌，當他們倆開始說話時，嘴裏吐出的，竟然是滑稽的嘎嘎聲！

調皮的芬克和馬蒂克驚訝不已，**嘰哩呱啦**地發出抗議，結果課室充滿他們倆的滑稽嘎嘎聲，兩

個搗蛋鬼互相取笑對方，指着對方嘎嘎嘎地捧腹大笑，似乎在說：你的聲音比我還難聽，然後又吵了起來，兩個小魔子面紅耳赤地比手畫腳對罵，粗暴的嘎嘎聲此起彼落，大夥兒都忍不住笑得前俯後仰。

「謝謝老師！我行使成功了！哈哈！高弟，你聽得出來嗎？那是我們家老大和老二的叫聲啊！」

高敏幫家裏的寵物獅頭鵝取名為老大和老二。

高弟興奮得差點兒叫出聲來，但牠趕緊摀住嘴巴。修行助使在課室內可不准發出聲響啊！

緊接着，威利老師指導個頭高大的昆特，昆特說出一直以來的苦惱：「我總是不能讓種子開出完整的花兒。我的修行助使西西很愛吃花，我希望能順利使出開花力，讓牠享用新鮮盛開的花兒。」

「你手邊有想讓它開花的植物種子嗎？」

「有，我都隨身帶着。」昆特從右邊的口袋內取出一些小種子，道：「這是蒲公英的種子，西西非常喜歡吃這個。」

這時，昆特口袋左邊跳出一隻可愛的小兔。

「原來昆特的修行助使是小兔啊，太可愛了！」高敏對高弟説，兩眼發出異樣的光芒。她對可愛的東西最**難以抗拒**了！

威利老師讓昆特使出開花力，從中看出他行使開花力時發音不夠準確，糾正了他的發音。

「現在你再試試。」

昆特呵口氣，凝神對着手掌上的蒲公英種子唸道：「阿殼麻鑽，開花！」

這一回，他果然成功讓其中一顆種子開出了花朵，滿滿的花莖頂端開滿**密密麻麻**的花兒，形成一株漂亮的球狀花兒。

昆特讓西西享用這朵對牠來説富有營養的蒲公英花朵，看着西西滿足的模樣，他感動地擦擦眼角溢出的淚水，説：「我終於可以讓西西吃到牠喜歡的蒲公英花了！」

第五章
再度結下梁子

威利老師陸續指導了同學如何加強施展魔法力，下課打鈴時，大夥兒都捨不得離開課室呢！

「真的想不到這堂課這麼豐富！太喜歡上威利老師的課了！」子研走出教學大樓時興奮地說。

經過威利老師指導後，子研的催眠力也得到了一些提升。

「你本來不是很失望嗎？」仕哲沒好氣地問。

「哎呀，我知道我以貌取人不對，不過現在我覺得啊，威利老師眼睛的**缺陷**反而讓他更富有魅力，好像蒙上一層觸及不到的薄紗，讓人更想探知他到底擁有多少隱藏着的力量！對了，沫沫，下一堂課是星期幾？我一定要好好練習魔法力，讓威利老師稱讚我。」

仕哲和米勒禁不住**搖頭歎息**。

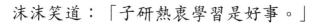

　　沬沬笑道：「子研熱衷學習是好事。」

　　「我向來都熱衷學習魔法力的啊！不過去年的二階魔法力測試比沬沬你慢了幾秒。」子研顯得有些不服氣。

　　二階魔法力測試屬於年終評測，通過後才能升上三年級。

　　「子研你的測試成績只差沬沬一點，已經非常厲害。我啊，只要求通過測試就心滿意足了！」米勒吁口氣，測試成績「**低空飛過**」的他差點兒以為自己要留級呢！

　　子研努努嘴，好勝心旺盛的她一直想着要跟沬沬比試魔法力，道：「不，其他科目我輸給沬沬不要緊，魔法力測試我可不想輸給沬沬！所以啊，為了**扳回一城**，我一定要向威利老師好好學習！威利老師真的很帥氣，我頭一回遇見那麼有耐性的老師。你們有注意到嗎？威利老師施行魔法力的時候眼睛會先眨一下……」

　　繞了一圈，子研又在那兒對威利老師讚個不

停。

這時有道聲音從子研身後傳來：「子研你太謙虛了，你怎麼可能輸給這個走後門的？」

大夥兒轉過頭去。志沁不知何時走在他們後面。

仕哲皺了皺眉道：「沫沫有名字，你別一直叫人走後門的。」

「對啊，沫沫成績那麼好，怎麼可能走後門？志沁你不要再針對沫沫了。」米勒也挺身為沫沫抱打不平。

志沁眼角瞄向米勒，努努嘴道：「你這個膽小鬼米勒，你是不是忘記什麼了？別以為你拿到初階魔物師執照就不會被懲罰喔！啊，難道你想去魔法懲戒部被我舅母審查？」

說到懲罰和審查時，志沁特意提高了聲量。他知道米勒最怕被抓去審查。

沫沫沉下臉來。志沁**諷刺**她沒關係，但她不能忍受志沁用米勒曾經為了救下小動物，而不覺意弄

傷人類這件事*來威脅米勒。

　　沬沬冷酷的雙眸頓時犀利起來，這表示她真的動怒了。她停下腳步瞪着志沁，志沁被沬沬的眼神震懾住了，急忙繞開沬沬的時候沒看到一旁的樹木，整個人撲了過去，一張臉正正貼在樹幹上！

　　他狼狽地站起來，摸摸疼痛的鼻子，憤怒地朝沬沬**衝口而出**：「耶勒勾斯，撞——」

　　志沁想說撞樹，但還未說完子研迅速衝到沬沬前方打斷他：「不准對沬沬使用魔法力！」

　　志沁吃驚地將「樹」字硬吞回去。

　　「你怎麼可以隨意使用控制力來控制魔侍？這可是違反了魔侍守則！而且控制力屬於危險魔法力，必須在老師允准下使用，你去年沒有讀過魔侍守則嗎？」仕哲也衝過來難得生氣地大喝道。

　　「誰讓她害我撞樹？我只是**以牙還牙**！」志沁毫無悔意地回嘴道。

* 想了解米勒為了拯救動物而弄傷人類一事，請參閱《魔女沬沬的另類修行3：謎之古生物》。

原本低着頭的米勒不再容忍，他氣憤地拽起志沁的手走向沫沫，説：「跟沫沫道歉！」

　　志沁拚命掙脱，大喊道：「我才不要！她害我撞樹，我為什麼要向她道歉？」

　　兩人拉扯着走到沫沫跟前，這時羅賓撲棱撲棱地搧動翅膀趄來，喚道：「沫沫，快施行定身力！這傢伙對你不懷好意！」

　　沫沫眼神鋭利地瞇起來，唸道：「斯達地落，定！」

志沁驚慌地大叫：「你們看，沫沫居然向我施行定身力！我要向科校長報告沫沫犯規！」

　　大夥兒這會兒似乎都聽不懂志沁的話，露出困惑的神情。

　　「你們在做什麼？為什麼你們阻止我卻不阻止她？咦？我還能動……」志沁這時發現自己似乎沒有被定住，他甩着身體，正想要**責備**沫沫，但馬上又驚訝得張大了嘴！

　　「快把牠抓去校長室！」羅賓説。

「這到底是什麼怪東西？」沫沫好奇問道，走向前方的草叢。

原來草叢中有隻枯瘦的怪手！

剛才怪手突然竄向他們，沫沫聽到羅賓的指示，迅速而準確地施行定身力，把怪手定住了。

「不知道，總之牠對你不懷好意，一定要抓牠去校長室！」羅賓着急地説道。

「不行！你們不能抓牠！」志沁説着，急忙走去扒開草叢，把怪手抱到懷裏。

「這怪東西是你的？」羅賓問。

「是啊！怎麼？不可以嗎？」

羅賓瞇起了眼，質疑道：「牠是不是對沫沫做過什麼？」

「怪手絕對沒有做過壞事。怪手做的，都是應該做的事。」志沁**理直氣壯**地説。

「志沁，你什麼時候擁有這麼奇怪的⋯⋯手？」子研好奇地問道。

「牠啊⋯⋯」想到一直沒辦法好好介紹怪手給

50

子研認識，志沁就更生氣沫沫了，「牠是怪手，是我舅母特地寄給我的禮物，可惜你被走後門——」

志沁看着志沁和米勒，猶豫一下，改口道：「你每次都沒有空，我根本找不到機會介紹你認識怪手。」

「這麼奇怪的生物不會被禁止帶進學校嗎？」仕哲懷疑地盯着怪手。

「這……舅母當然有向科校長報備過，不然也不會寄給我。而且怪手不會說話，不可能吵到其他人，我想不到任何怪手被禁止帶進來的理由。」

志沁說得特別大聲，但其實他很心虛，因為怪手曾經在魔物師競賽中搗亂。*

「牠是什麼生物？有什麼本事？」子研感興趣地問道。

「牠啊，會聽懂我給牠的指令，叫牠做什麼就做什麼，從來不會違抗我。」志沁得意洋洋地

---

* 想知道怪手如何搗亂魔物師競賽，請參閱《魔女沫沫的另類修行9：魔物師競賽》。

說。

「真的？那牠曾做過什麼事？」子研顯得非常好奇。

「牠可厲害了，除了會使出障眼法，還曾經放出你們沒見過的生物——」

志沁警覺自己說溜嘴了，怪手做過的，可都是些違反校規和不見得光的事啊！於是他趕緊轉口說：「哎呀，怪手一定被你們嚇壞了，你看，雖然解除了定身力，牠還在瑟瑟發抖呢！我還是帶牠回去宿舍休息一下。」

說着志沁施行速度力快快離去。

沫沫和伙伴們對看一眼，雖然覺得有古怪，但也不在意，因為他們只剩十五分鐘的時間吃午餐，下午第一堂課是「惡神」萬聖力老師的課，遲到的話可會被懲罰的啊！

第六章

孤獨的男孩

一輛轎車行駛在沿海公路上，車內有位小男孩**靦腆**而規矩地坐着。前面駕駛座是母親的哥哥，他的母親正坐在副駕駛位子上。

小男孩名叫弗李維，由於父母離異，他跟着母親搬到母親的老家，一個近海小鎮——桑林鎮。

雖然他不願意離開住了十個年頭的家，也不想與他的同學道別，但身為一個還在求學、沒有自主能力的小孩，這些事不到他說不。

他看着海天連成一線的美麗風景，內心沒有任何感覺。對於即將居住的地方，他沒有憧憬，有的是不安與忐忑。

他厭倦了**單調**的海景，將臉別過另一邊。這一側有整片綠地，偶爾有幾戶簡陋的房屋映入眼簾，或者零散放養的牛羊、擺賣當地水果和食物的攤

販。

弗李維**面無表情**地看着，他對外在的事物好像提不起半點興趣。

他想到從前那個總是對周遭事物問個不停的自己。他也曾是個對許多事感到好奇，老是喜歡將家裏的玩具和用品拆開來**一探究竟**的快樂小孩呢。

弗李維眼神呆滯地望着車窗外掠過的景觀，就在這時，他看到遠處的樹林上方有個小黑點飄浮着。小黑點移動的方向跟他們車子前進的方向相同，而且越來越靠近公路，終於引起弗李維的注意。

他不禁直起身來，定睛觀察那個快速飄浮於半空的「黑點」。

黑點更靠近了，越來越清晰，呈現出令人困惑的不明形狀。

弗李維叫出聲：「媽——」

母親沒有回應。他又叫了聲媽媽。

母親還是沒有回他，這時舅舅説：「媽媽在睡

覺。」

弗李維靠向前，看到坐在副駕駛位子的母親把頭部靠向車鏡，睡得很沉很沉，嘴巴都微張開來了。

他沒有繼續叫喚。他知道母親這陣子忙着搬家和處理工作上的事，**身心俱疲**。

「怎麼了？」舅舅問。

「哦，沒什麼。」

弗李維**靜默**下來，繼續望向窗外。

這時他發現奇怪的黑點不見了。

弗李維心想：那個應該是無人機之類的東西吧？

他沒有繼續多想，隨着車輛發出的單調鳴響漸漸合上了眼睛。

樹林上方的黑點當然不是無人機。

那是狼狽逃跑的灰貓。灰貓從尼克斯魔法修行學校逃出來，為了不被追趕牠的某個隱形魔侍發現牠的蹤影，牠使用了隱身力和速度力**逃竄**到棕櫚林，然後經過沼澤區域時，為了不留下腳印而選擇竄出樹梢，使用飛行力和隱身力在空中飛行了一段路。

由於持續使用兩種魔法力太費力了，在飛到人類世界的邊界時，灰貓不得已地露出形體。

耳朵靈敏的牠察覺到追趕牠的隱形魔侍朝牠追來了，於是牠偏離了原本的路線，越飛越靠近海域。

牠沒辦法理會是否會引起人類的注意，不被隱形魔侍逮住才是當前最重要的事啊！

況且這沼澤區**人煙稀少**，時間又是凌晨時分，相信就算牠暫時露出形體也不至於被人類發現。

灰貓很快地回到地面，躲藏在一戶還未蘇醒的人類房屋後院。

追捕灰貓的隱形魔侍正是沫沫的親生父親森平。他受科靜校長之託，在科靜受傷住院期間幫忙照看尼克斯魔法修行學校。

森平施行隱形力巡視校園時，發現了被施行附魔力的灰貓，知道邪惡魔侍利用灰貓進行各種傷害魔侍的詭計後，就一直追捕這隻灰貓。

今天他終於追蹤到灰貓的身影，誰知灰貓異常**狡黠**，牠使用隱身力迅速逃出尼克斯魔法修行學校。森平知道讓牠逃出校園就很難抓捕牠，於是立即追出校外，他憑着聽覺和直覺一路追蹤灰貓，跨過魔侍與人類世界的邊界，來到沼澤區。

奈何森平在這一區來回尋視了許久，都沒有發現灰貓的蹤影，只好**無功而返**。

待森平離去，灰貓藏匿處的紅磚屋老太太蘇醒過來了。

她走到後院時發現了灰貓，憐惜地收留牠做家裏的新成員。

老太太走開時，灰貓眼瞳內浮現一個暗影。這

暗影正是使用附魔力附在灰貓身上的魔侍。他以一把低沉的聲音說道：「你暫時在這兒享受一下低等族類的豢養吧！他們會把你捧在手心，侍奉帝王般好好地服侍你。」

灰貓應答：「好的。」

於是，灰貓就這般順理成章地住到人類世界。牠無需捱餓及日曬雨淋，又能躲避隱形魔侍的追捕，堪稱是最完美的隱藏計策。

第七章
內心深處的渴望

　　第一天的課很快就上完了，放學後，子研原本要拉沫沫去附近的休閒步道練習魔法力，但沫沫似乎另有打算，匆匆跟他們道別後即行使速度力趕去行政大樓。

　　羅賓詢問道：「沫沫，農叔不是給你帶了很多條魔法緞帶嗎？你去年每天都是教學大樓和煉藥小屋兩邊跑，忙得不可開交。農叔有叫我看著你，別讓你太累！」

　　「我不累，我不是去煉藥小屋提煉魔法緞帶。」

　　科靜校長在校長室特別設置了隱秘的煉藥小屋，為的是讓沫沫可以隨時提煉魔法緞帶。

　　「那你去行政大樓做什麼？你今年的功課肯定比去年繁重，得專心學習喔！」

沫沫沒有回答，她已抵達行政大樓。

她**徑直**走進去，熟練地開啟校長室的門，朝坐在櫃枱的校長助理維拉打聲招呼。

「請問科校長在裏面嗎？」沫沫望向校長室的方向。

「嗯，她在等你呢，你快進去吧！」維拉說。

沫沫感到有點意外，科靜怎麼知道她會來？

沫沫敲了敲校長室的門，聽到科靜的應答後，走了進去。

科靜看起來跟之前一樣**精神奕奕**，金邊鏡框後的眼神依舊銳利而有神，她笑着招呼沫沫：「來，坐下吧！嘗嘗我從浦里鎮帶回來的鳳凰茉莫糕，鹹鹹甜甜還有點辣味，非常開胃！」

沫沫好奇地拿起一塊糕點放進嘴裏，噢！那味道可真嗆啊！

她不禁咳了兩聲。

「呵呵！我在浦里鎮住了好幾個月，愛上那兒的食物了，改天有機會，你一定要去看看。」

「哦，科校長是在浦里鎮的魔侍醫院接受治療對嗎？」

「是啊。我活了這麼大把年紀，還真沒住過院。這次是我自己的**疏忽**。」

沫沫被勾起了好奇心。

「科校長你是因為去尋找傀儡蟲的解藥才會受傷，不過到底是怎麼受的傷？」

「這件事我並沒有向校方公開交代。只有幾位老師知道。我在不凍湖內汲取血狐蟲沐浴過的水時，**出其不意**地被一種透明無形的水膠葵攻擊，當時我本能地想使出對換力，但已經被水膠葵的觸手拖下湖底，並讓牠觸手上的腐蝕溶液侵蝕進我的體內……」

沫沫聽得瞪大了眼，顯得很緊張。

「不過幸好臨危片刻我的魔覺力發揮了效用——讓水膠葵鬆開了觸手。雖然骨骼遭到腐蝕，但幸好浦里醫院有非常厲害的醫者魔侍，現在已經完全復原。」

沫沫頭一回聽到科靜說起她的魔覺力，覺得很新奇，問道：「科校長，你的魔覺力是怎麼樣的？」

科靜露出神秘的微笑，說：「我可以讓某個空間的生物產生**虛空**的感覺。」

「虛空的感覺？」沫沫不太明白虛空是什麼感覺。

「簡單來說，生物會忘記原本在做什麼事。」

沫沫還是不太理解，她記得科校長說過她也擁有魔覺力，於是她問：「我的魔覺力又是怎樣的？會跟科校長一樣嗎？」

「沫沫你的魔覺力還沒有完全覺醒。不過，你擁有的魔覺力應該跟我不一樣。」

「噢？會是什麼樣的呢？」

科靜這時將身體靠前，看進沫沫眼底，說：「你來這裏，不會是只想問我受傷的事吧？」

「呃，我──」沫沫看了眼羅賓。

她其實想詢問科靜關於她的親生父親森平的

事，但她知道羅賓肯定會阻止她。

科靜望向在小樹模型上面靜靜不動的修行助使莫栗——一隻枯葉屬迷你變色龍，莫栗立即咕嘟咕嘟地三百六十度轉動眼珠，然後說道：「安全。」

科靜對沫沫點了一下頭，意指可以不用顧忌地說話。

沫沫覺得機不可失，於是不理會一旁皺着眉頭的羅賓，問道：「魔物師競賽時幫助我們的隱形魔侍跟我有關係，對嗎？」

科靜知道無法隱瞞沫沫，緩緩頷首道：「沒錯。他是你的生父森平。」

沫沫冷酷的眼神閃現異樣的光輝，她猜測得沒錯，那位暗中保護着她和伙伴們的，就是她的父親啊！

沫沫抿抿嘴，竟不曉得要詢問什麼。

科靜斟酌了下，慈愛地看着沫沫，說：「由於某些原因，他無法與你相認，也避免與你接觸。不過你必須知道，他和你母親都深深地愛着你。」

沫沫的視線模糊了。她不知道自己為何會流出眼淚，她對生父幾乎沒有什麼記憶，只有在使出離心魔法力時，記起了父親和她分離時的痛苦片段[*]，因為行使離心魔法力的副作用是讓魔侍回想起痛苦的回憶。

羅賓從未看過沫沫流淚，一時驚慌得不曉得怎麼安慰她。牠訥訥地支支吾吾，**絞盡腦汁**想着要說些什麼，這時科靜朝羅賓晃一下頭，暗示牠不要說話。

有些事無需多說，只需好好地陪伴。

沫沫垂下頭來，默默地哭泣。

從小到大都非常堅強，遇到任何事都冷靜地承受，不懂得哭泣的沫沫，頭一回覺得內心有種不可言說的情感在流動。

那是種知道深深地被疼愛卻無法觸碰和表達的無奈和遺憾。

[*] 想了解沫沫使出離心魔法力的經歷，請參閱《魔女沫沫的另類修行9：魔物師競賽》。

她很早就知道，她的身世是不能向任何人透露的秘密，但她內心深處，或許很想找個人傾訴，希望有個朋友能理解她。

因為身世的秘密，她自小住在濕地家園，與外面世界隔絕，沫沫從來沒有一位可以聊聊天、吐露心聲的朋友。她幻想能**毫無顧忌**、自由自在的生活，也渴望自然地對親愛的家人傾訴自己的思念，但這些都只能是想像。

沫沫就這樣靜靜地哭了許久。

她終於平復了心情，她很感激科靜能告訴她父親的事。

她問科靜：「那他──還在學校嗎？」

科靜呵口氣，道：「我回來後他就離開了。」

沫沫詢問科靜這問題時，雖然沒想過要去見森平，但仍然有些失落。不過她很快就打起精神，道：「那是不是表示學校的危機解除了？」

「目前看起來是這樣。不過我們還沒找出魔物師競賽時在背後搞鬼的魔侍，而且，我相信內奸魔

侍還在學校。」

「要怎麼做才能揪出內奸魔侍？」沫沫不禁感到憂心，自從魔物師競賽後，她總覺得學校內隱藏着**無可名狀**的危險。

「呵，沫沫你不用擔心。經過森平的巡查，再加上我們這裏也加強了戒備，我相信他們暫時不會**輕舉妄動**。」

「好的，那我先回去了，謝謝你，科校長！」

沫沫説着，退了出去。

第八章
怪怪的緣分

沫沫走出行政大樓時，有個小東西從牆邊探出「身」來。

牠是怪手。剛才放學時牠的主人志沁在教學大樓的角落吩咐牠：

「無論如何都要想辦法讓那個走後門的摔一跤，哼！竟然害我撞樹！我要她付出讓我出醜的代價！」

於是，怪手悄悄跟着沫沫來到行政大樓。由於維拉守在那兒，怪手沒辦法進去校長室，牠繞去外牆，等候沫沫出來。

等了好一會兒，沫沫終於出來了，但沫沫立即施行速度力離去。怪手沒辦法找到絆倒沫沫的機會，悻悻然回去魔子宿舍。

由於沒有達成任務，怪手免不了被主人責罵一

頓。

志沁氣憤地對怪手喝道：「明天你無論如何都要讓她摔倒！做不到你就不用回來！」

怪手驚愕地「點點頭」，喀喇喀喇地躲進盒子內，側躺下來緊緊地拽着牠那**軟乎乎**的被褥。

想到萬一做不到主人的吩咐就無法回到那舒服的小窩，牠把被褥拽得更緊了。

第二天，怪手天未亮就鬼鬼祟祟地溜出宿舍。

牠緩慢而**悄無聲息**地走到宿舍前的大樹旁，拾起一片枯葉覆蓋在上頭。

這陣子校園內出現許多巡邏者，為了避開他們的注意，怪手只好偽裝成枯葉行動。

怪手知道沫沫會去「魔法味蕾」食堂用早點，於是在魔法味蕾前方的小樹叢等候。

不久，沫沫果然出現了。怪手迅速附在某個

後來的魔子身上，躲在他的外套側邊，順利進到食堂。

怪手想，只要成功在沫沫身上灑些僵硬粉，發作時沫沫沒辦法正常活動，到時志沁就可以輕易地絆倒她！

這時，沫沫買好餐點坐下來享用。怪手俐落地攀附到幾位魔侍身上以接近沫沫，並看準時機，在牠附着的魔女經過沫沫的餐桌時，迅速在沫沫身上灑出僵硬粉。

這僵硬粉是怪手從魔法溫室偷來，上回在魔物師競賽中怪手曾用它讓第二輪競賽終止，不過還用剩一點。

被潑灑了僵硬粉後，並不會即時發作，不過發作時將會身體僵直無法行動。

沫沫完全沒有察覺到自己被灑了僵硬粉，舉起手中的葉綠素麥芽飲料大口喝下。

怪手見事情已成功了一半，悄悄溜出食堂，想儘快去通知主人。

誰知牠走出魔法味蕾不遠，就被高八度音的修行助使菲力浦——一隻穴鴞在附近巡邏時發現了！

科靜校長吩咐學校每位老師的修行助使輪流在校園內的各個角落當值，巡視有沒有可疑生物闖進學校。

今天正好是高八度音——施密特・凱特琳小姐的修行助使菲力浦當值的日子。

菲力浦張開翅膀在半空滑翔巡視，轉動那靈活的頭部注意四周的動靜。突然，牠看見布滿落葉的坡道有個可疑的小東西在快速移動。

菲力浦急忙向下俯衝過去！

怪手察覺到危險臨近，這才想起要偽裝枯葉形態，可菲力浦已近在眼前，怪手急忙鑽進落葉中逃竄！

但牠還是慢了一步。

菲力浦有個獨家本事，能在危急時刻放射特製短銀針攻擊敵人。只見菲力浦低下頭從腹部抽出一根銀針，再從口中迅速射出銀針！

在枯葉堆中攢動的怪手被刺中了，銀針連着怪手的手掌插進泥土內，怪手痛得五根手指抽搐扭動起來。

菲力浦正要過去查看，這時，在食堂與羅賓分道揚鑣的沫沫聽見動靜，趕了過來。

「菲力浦？有什麼異樣嗎？」沫沫問。

「我抓到個怪東西。」菲力浦指着前方的一堆枯葉說。

「怪東西？」沫沫走過去撥開枯葉，發現原來是怪手！

怪手痛得捲曲在一塊兒，牠見是沫沫，更是心虛得冒汗。

沫沫**二話不說**，立即使出拔除力：「梅達基泥息，拔除！」

銀針頓時從怪手身上啾地一聲，輕易地拔出來了。怪手頓時鬆了口氣，「全身」癱瘓在地上。

「你為什麼拔掉銀針？」菲力浦感到不解。

「牠不是外來物，牠是我同學的寵物。」沫沫

說。

「是嗎？你確定牠不是偷跑進來的？」菲力浦困惑地看着外觀詭異的怪手。

沫沫點點頭，菲力浦於是拍拍翅膀飛上天，繼續執行巡邏任務。

沫沫望向怪手，道：「你怎麼不跟在志沁身邊，自己亂走？最近學校增強了防衞，你的模樣比較特殊，會被誤認為入侵者而被抓捕──」

沫沫說着說着，發現身體似乎有點重，怪手馬上爬起身，擔憂地「看」着沫沫。

「為什麼我身體很難移動……」沫沫說着，突然就全身僵硬，完全動不了。

怪手看着沫沫倒下去，感到很內疚。

牠居然傷害了搭救牠的沫沫，牠太不應該了。怪手低垂着手指，沒臉看沫沫。

「哦，你流血了。」沫沫微側着頭僵直躺在泥地上，對怪手說。

怪手望向因為銀針插過而流出鮮血的手掌，忽

然覺得**疼痛難當**，牠掙扎着倒了下來，捲曲着身子躺在沫沫身旁。

時間一點一滴過去，沫沫說：「今天應該沒辦法去上課了。」

她透過翠綠的葉子縫隙望向天空，問怪手：「你說，會有魔侍經過，發現我們嗎？」

怪手虛弱地動了動手指，好像在說不會。

「你好像很**悲觀**。沒事的，我想我只是被施了僵硬粉，過一會兒就能恢復。你再忍一下，我恢復後馬上帶你去醫務室。」

聽到沫沫如此關心自己，怪手更是內疚得**無地自容**。牠可是害得沫沫變成這副模樣的兇手啊！

沫沫不知道怪手的心思，對牠訴說道：「你知道嗎？我從來沒有缺席過課堂呢！我很喜歡上課。除了喜歡學習魔法力和魔侍知識，主要是可以跟其

他魔侍一起學習。」

沫沫停頓了下，繼續說：「以前在濕地家園，我都是自己在家學習。」

「農叔有時會過來指導我，給我一些功課，不過都是讓我自己摸索和練習。」

怪手靜靜地聽着沫沫對牠**吐露心事**，覺得很舒心，傷口也不那麼疼痛了。

第九章
誤闖迷霧森林

弗李維搬到桑林鎮已經三個星期了。

他心底很**排斥**這個地方，並不是因為這小鎮不好。

他將自己的心封閉起來了。

轉學到新學校的那天，同學們圍着他問東問西，對他非常好奇，但弗李維緊閉着嘴，什麼都不說，大家很快就對他失去興趣。

弗李維總是很安靜，他喜歡靜靜地一個人看書。大夥兒在**嬉笑玩鬧**時，他也不想參與。後來，他發現自己一個朋友都交不到。

這天，學校的老師帶着全班同學乘搭巴士到郊外進行自然觀察學習。同學們個個異常興奮，嘰哩呱啦地喧鬧不停，老師在戶外教學時忙碌得**不可開交**，生怕過於好動的同學隨意跑動而走失。

弗李維靜靜地跟在大夥兒後頭。他仔細地聽着老師的解說，用心觀察葉脈和昆蟲的習性，看着看着，老師和同學們離開了他還不曉得。等到發現大夥兒不見時他才趕緊追過去，但他對這個地方很陌生，完全沒有方向感。

　　「怎麼辦？我得打電話聯繫老師。」

　　弗李維拿出手機，試着撥電給負責老師。但他所處的地方似乎沒有訊號，電話打不通。

　　弗李維懊惱地想了想，決定自己走走看。

　　他小心翼翼地走着，從小在城市居住的他很不習慣走在野外的土地。他關注着腳下的樹根和泥路，越走離大路越遠了。最後，他來到了沼澤地。

　　他望着四周的爛泥和荒涼的樹林，開始恐慌了。

　　他必須在天黑前找到老師和同學，他心想着，着急地跑了起來。

沫沫來到課室時，惡神的課已快要結束。

「對不起，萬老師，我遲到了。」沫沫說。

惡神**漠然**瞄了她一眼，回道：「不想上課可以不用來。」

「不是的，發生了一些意外——」

「你們已升上三年級，如果不能好好管理自己的時間，可以考慮自己學習。另外，如果你覺得你的魔法力已經很好了，也可以不用來上我的課，不過我必須給你忠告，你以為的很好非常可能只是皮毛工夫，一點兒都不值得**驕傲自滿**……」

惡神劈里啪啦地說個不停，沒有理會沫沫的解釋。

沫沫並不是很在意惡神的訓話，身邊有個時常對她碎碎唸的羅賓，練就了她不太在意別人的叨絮。等到惡神說完，沫沫欠一下身，走向座位。

「嚴沫沫！」

惡神大聲喚她。沫沫停下腳步，望着惡神。

「今天的作業大夥兒都完成了，只剩你沒有

做。」

「哦，請問是什麼樣的作業？」

「下一堂課要用到幫助你們開啟魔法力量之門的水晶棉花樹的種子萃取液，這種植物種子的萃取液具有**鎮定心靈**和啟發靈性的力量。找到之後參照《魔法使用增進術》這本書上所寫的來做。」

《魔法使用增進術》是惡神今年教授的新課程所用的課本，沫沫趕忙走到位子拿出課本，查看萬老師交代的功課。

子研拍拍沫沫肩膀，說：「別怕，這功課不難，只是去採集水晶棉花樹的種子，然後按照書本的方法褪去外殼，萃取出種子汁液放到瓶子裏就可以了。」

「那位同學，是不是不想上課了？」惡神瞪向子研。

子研吐吐舌頭，趕緊**噤聲**。

惡神邊走邊問學生問題，大夥兒都很怕他走到身邊或被點名。

子研努努嘴，一臉不忿地悄聲對沫沫説：「沒有對比就沒有傷害啊！威利老師對學生多麼溫和慈祥，他才不會這樣訓斥我們。」

「齊子研同學——」惡神看向子研，喚道。

子研的心咚地一響，差點兒跳了出來。

惡神瞇起眼，説：「有意見請大聲説出來，別在那裏**偷偷摸摸**説話。」

子研低垂着頭，似乎在努力忍耐着。這時後方的仕哲踢了踢子研的椅子，子研不悦地回過頭，看到仕哲對她使眼色，讓她別回嘴。

原本決定忍下來的子研，因為仕哲的舉動反而被激起了反叛心。

子研深呼吸，一口氣説出心底的話：「我希望老師可以不要這麼嚴厲。最好能像威利老師那樣溫和地指導我們。」

子研話音剛落，大夥兒都趕緊低頭盯着書本，生怕惡神**大發雷霆**。

沫沫不懼怕惡神生氣，她瞄向惡神，注意到惡

神極不自然地拉了拉他的高領毛衣。

惡神冷哼一聲，道：「這種溫和的老師會害死學生。我絕對不會採用這種方式。如果有人不能接受我的教學方式，隨便！」

惡神伸出手來，請不想上課的同學出去，但當然沒有同學敢走出課室。

「你們要記住，嚴厲指導才是正確的教育方式。我最無法忍受溺愛學生的老師！」

惡神露出**不屑**的神情。

「惡神似乎很不喜歡威利老師，為什麼呢？」沫沫暗想。

這時放學鈴聲響起，惡神叮囑同學道：「剛才交代的期末作業，你們最好從今天開始去搜集資料，做得不好我肯定不讓你們通過！」

說完惡神**盛氣凌人**地走出課室。

「什麼期末作業？」沫沫趕忙問伙伴們。

「是這個學期的主要作業，佔這堂課成績的百分之五十分，非常重要。」仕哲說。

米勒顯得很歉疚的模樣，說：「對不起，沫沫。剛才你不在課室，我沒辦法找你組隊。」

沫沫感到**一頭霧水**，問道：「什麼組隊？」

「惡神要我們倆倆組成一組，每組必須一起合作完成這個作業。」仕哲回道。

「你們都找到組員了？」

「嗯，我跟米勒一組，子研跟高敏一組。」

「那我呢？」

「大家都已經找到伙伴組隊，沒有其他人跟你組隊的話，沫沫你只好一個人完成作業。」

「就是說，我一個人就是一組？」

仕哲點點頭。

「沫沫你學習能力好，一個人也能完成啦！說不定你想出的方案比我們大家都出色呢！」子研拍拍沫沫的肩膀，毫不在意地說。

沫沫看着伙伴們。大家向來有家人和朋友陪伴，大概對「一個人」沒什麼感覺。

她眨了眨眼，道：「嗯。我一個人也會努力完

成作業。」

「這個作業課題是**氣候乾旱**的應急與防範，我覺得很有意思。」仕哲侃侃說道，「近年來氣候變化太不尋常，萬一遇見大旱，全世界都可能會缺乏糧食及食水。」

「對，我們一定要想出有效的應對方案。那我先走了，高敏約我去圖書館搜集資料呢！」子研說着，跟他們**揮手道別**匆匆離去。

「沫沫你也快去找水晶棉花樹的種子吧！」仕哲說。

「你們知道哪裏可以找到嗎？」沫沫問。

「水晶棉花樹在校園內好像只有幾株。我們剛才是到魔法味蕾附近的休閒步道找到的，不過好像已經被採集得七七八八了，你可以去碰碰運氣。如果那邊採集不到，聽說靠近校門口的休閒步道還有一棵水晶棉花樹。」

「那我得快點去了，採集後還要花時間萃取。」

「嗯！」

他們隨即**分道揚鑣**進行各自的作業。

弗李維驚慌地跑在樹林中。

他邊跑邊四處查看，他不知道自己是否走在對的路上。

有時他走了一段路又回過頭，但如此往返幾次，他就沒有再回頭。他只曉得不斷往前，他着急想要找到走出這座樹林的路徑。奈何這樹林好像一座**大型迷宮**，弗李維覺得自己不但沒有找到出去的路，反而越走越靠近密林深處。

「怎麼辦？媽媽，我很害怕……」弗李維內心想着，他不敢說出口，他生怕說出口以後會忍不住哭出來。

弗李維忐忑地踩在隨時會凹陷的爛泥上，步履艱難地前進着，走着走着，地上的爛泥變成了長長

的雜草，周圍的樹變成一棵棵古怪的熱帶樹木，樹葉都低垂着頭，像要枯死了一般。

　　弗李維沒看過這麼奇怪的景象，「這裏不會是恐怖傳說裏頭的迷霧森林吧？森林裏會不會有可怕的吃人妖怪？」弗李維顫抖地想，但馬上又甩甩頭，他不能讓自己**胡思亂想**，天就快黑了，他必須快點找到出路。

　　不知道又走了多久，他的視線變得模糊起來。

前方的路突然看不見了！

「怎麼辦？看不到路……我不會真的來到可怕的迷霧森林吧？」

弗李維剛搬到這個小鎮不久，就聽過班上同學說起小鎮的**恐怖傳說**。

「你們知道嗎？桑林鎮有一座很可怕的迷霧森林，聽說曾經有幾個小孩進去後走不出來。」

「為什麼？」

「因為啊……妖怪把他們抓起來吃掉了！」

「哈哈，哪裏有什麼妖怪，你亂編造的吧？」

「是真的，不信你們可以去問方老師。方老師的祖父是生物學家，他曾經在桑林鎮郊區的沼澤地拍攝到怪物的腳印！」

弗李維聽到同學們**信誓旦旦**地說着，但他從不相信這種恐怖傳說，就像他從不相信真的有聖誕老人一樣。

他以為同學看他太安靜，故意說來嚇唬他的，但想不到居然真的給他發現這座可怕的迷霧森林！

弗李維懼怕地皺着眉頭，一步一步向迷霧森林前進，每走一步心臟好像要跳出來似的。

「求求你，千萬不要出現妖怪，他們說的都不是真的……」

他祈禱着，在迷霧森林中慢慢摸索向前。四周漸漸浮現各種模糊的可怕影像，奇怪的叫聲也從不同方向傳了過來。他感到下一秒妖怪就會跳出來撲向他……

第十章
擁有秘密的兩人

沫沫到魔法味蕾附近的休閒步道搜尋，找到了水晶棉花樹，但上面的種子已經一顆不剩。

「果然都被採集完了。」

沫沫沒有洩氣，她謹記仕哲說的話，趕緊往校門口前進。

校門高高的圍籬邊，果真有一棵水晶棉花樹，沫沫去到時發現有兩位魔子也在採集。

他們是隔壁班風三班的同學，沫沫時常在走廊上與他們擦身而過。

「太好了！還有一顆，快收在袋子裏！」

「採集到了，我們走吧！」

兩位魔子高興地準備離去。其中一位魔子看到沫沫，好心說道：「如果是採集種子的話，還是去別的地方找吧！」

「這裏也沒了嗎？」沫沫問。

「應該還有一些，不過不屬於校園內的範圍。」那魔子説着，指向越過魔法藤蔓的枝椏，「你看，如果伸手去採集，肯定會被魔法藤蔓逮住啊！」

尼克斯魔法修行學校周圍有一道高高的圍籬，上面種植了魔法藤蔓，如果沒有通行證，無論什麼生物都會被魔法藤蔓揪住。

「你還是去別的地方找找看吧！」

魔子説着，跟伙伴一起離開了。

沫沫看着他們的背影，內心湧現莫名的**惆悵**。

大家都有同伴一起做功課，只有她必須獨自採集種子、搜集資料、想出防止氣候乾旱的提案⋯⋯

「呵，現在可不是想這些的時候。採集不到種子，明天就沒辦法上課了。」

沫沫打起精神，使用飛行力飛到樹上，仔細查找被水晶棉花花瓣包裹在裏頭的種子。

這種棉花質地如水晶般**晶瑩剔透**，薄薄的花

瓣絲滑易碎，沫沫小心地掰開一片片花瓣，但裏面的種子果然都已經被採集了。

沫沫望着牆外的枝椏，那兒還有幾朵水晶棉花，**唾手可得**的水晶棉花種子就在眼前卻無法採集，沫沫不禁感到心急如焚。

「怎麼辦？要不要使用搬運緞帶過去外面採集？」沫沫不想隨意違規，但眼下似乎只有這個方法。

就在這時，沫沫背包內的綠水石發出一陣警示聲，沫沫趕緊拿出綠水石查看。

如雞蛋般大小形狀的綠水石放射出五彩光芒，裏頭有個男孩的身影。

男孩驚慌地跑着，四周朦朦朧朧的，但看得出來是在樹林內。

沫沫仔細地觀察，發現這樹林很熟悉，脫口而出：「是迷霧森林！」

她沒有多想，她來到水晶棉花樹邊的草地，抽出魔法搬運緞帶往上方一拋，嘭地一響，沫沫已消

失了蹤影。

沫沫在迷霧森林上方飛行，搜尋着男孩的身影。不一會兒，她發現他了，她俯衝下去，停在男孩身後。

男孩沒有發現沫沫，他着急地一邊尋找出路一邊擦着眼淚，沫沫想着如何才能不嚇着他，靜靜跟在後頭，突然，男孩由於看不清腳下的樹藤，被絆倒了，整個人往前撲去——

沫沫迅速使用速度力衝過去，在男孩的臉頰碰撞到樹根的前一刻，將他拉了起來。

男孩**驚魂未定**，跌坐地上看着眼前這位長相有點像洋娃娃的女孩。

沫沫問他：「你為什麼會來這裏？」

「我⋯⋯我也不知道。」男孩似乎還沒有平復心情。

過了一會兒，他看向沫沫，鬆了口氣說：「幸好啊！我還以為來到可怕的迷霧森林，出不去了！」

沫沫對男孩說：「這裏的確是迷霧森林。」

男孩驚異地睜大了眼，訥訥問道：「你說這裏……是迷霧森林？」

沫沫點點頭，說：「你不知道這裏是迷霧森林？」

「當然不知道。」男孩覺得沫沫的話很奇怪，「我剛轉學到這裏唸書，不熟悉這裏。」

沫沫心想：他跟我一樣是轉學生？

「我帶你回去吧！我們學校距離這裏不遠。」

「等一下，你要帶我回去學校？」男孩似乎覺得很困惑。

「是啊！」沫沫拿出魔法搬運緞帶，準備將男孩跟她一塊兒搬回去校園內，但她突然想起採集水晶棉花種子的事，於是說：「對了，你先陪我去採集種子，我再用魔法緞帶帶你去學校。」

男孩顯得**一頭霧水**，但還未反應過來，沫沫已拉住男孩的手，唸道：「德起稀達，速！」

　　就這樣，男孩跟着沫沫左拐右彎，迅速穿行於迷霧般的樹林中。

　　男孩被眼前發生的事嚇得反應不過來，傻愣愣地隨着沫沫**半跑半飄**地前進。

　　沫沫帶着男孩在尼克斯魔法修行學校高牆前方停下來了。她對男孩說：「你等我一下。」

　　說着沫沫使用飛行力飛到水晶棉花樹上，小心翼翼地採集水晶棉花樹的種子，然後放到布袋內，收進外套裏面。

　　「好了，可以回去了。」

　　沫沫說着，正要抽出魔法搬運緞帶，發現男孩的模樣怪怪的，臉色都發白了。

　　「你——不是魔子？」沫沫突然醒覺到自己犯了一個很大的錯誤。

　　魔侍不允許跟人類接觸，除非必要的時候。

　　「怎麼辦？我是不是要帶他回去人類世界？」

沫沫覺得頗為懊惱，她怎麼會那麼**粗心大意**，誤把人類當魔侍？不過一般人類都不可能闖進迷霧森林，也難怪她會誤把人類男孩當魔子啊！

男孩**臉色慘白**地晃晃頭，好不容易才問出口：「你是——什麼？」

沫沫想着要怎麼糊弄過去，但她剛才使用了魔法力，怎麼想都沒辦法隨意帶過。

「你剛才説用魔法緞帶帶我回去，難道你是——」

男孩腦海浮現小時候聽過的一首歌謠：

潘朵拉的盒子開啟了

在東方最隱秘的森林

魔女狂妄起舞

酷暑夏至來臨

眾星繞月之時

傲慢人類承受浩劫

「你是⋯⋯魔女？」男孩倒退幾步，一臉驚懼。

沫沫想要安撫男孩，但又不知道該怎麼做⋯⋯突然，一坨東西**從天而降**，往沫沫頭上滴下來——

男孩下意識地伸手接住它！

他打開手掌，發現滴下來的，竟然是鳥兒的排泄物！

男孩慌張地揮揮手，想把那坨鳥糞揮掉，但鳥糞**黏糊糊**的，怎麼也揮不掉。

沫沫趕忙說：「我幫你洗乾淨吧！」

沫沫昨天在咕嚕咚的魔法力理論課剛學了凝水力，只見她凝視着男孩的手掌上方，唸道：「易汲拉匣，辛彼挪脈兜——凝！」

頓時，男孩手掌上方神奇地顯現出一坨水，灑在他手上。

男孩訝異得張大了嘴，半晌，他望着手掌上沾黏的鳥糞，對沫沫說：「還沒洗乾淨呢！」

沫沫於是再施行一次凝水力，這一回，男孩趕緊趁着水落下時，快速搓洗，終於洗乾淨了。

男孩看着沫沫，似乎沒有了剛才懼怕的感覺。他**上下打量**着沫沫，發現沫沫除了會魔法外，長得跟人類一模一樣。

「你真的是——魔女？」男孩忐忑地問道。

沫沫呵口氣，知道怎麼都隱瞞不住了，微微領首。

男孩似乎感到很**不可思議**，說：「原來魔女跟人類差別不大。」

「是啊，魔侍長得跟人類很像，沒什麼差別。」沫沫說。

「你是怎麼做到的？」男孩問。

「什麼怎麼做到？」沫沫不明白男孩的意思。

「為什麼會突然幫我洗手？哦，不是，我是說，空氣中為什麼有水可以洗手，是用了一種可以洗手的魔法嗎……」男孩說着說着，突然噗哧一笑，**不可遏止**地捧腹笑個不停。

沫沫看着哈哈大笑的男孩，似乎也被感染，兩人笑成一團。

　　男孩傻乎乎地問道：「原來有可以洗手的魔法？」

　　沫沫笑着說：「不是可以洗手的魔法，是一種叫凝水力的魔法力，可以凝聚周圍的水氣，變成水。剛好我們身處的樹林充滿霧氣，這代表空氣中有很多水氣，所以很容易行使凝水力。」

　　「哦……」男孩**似懂非懂**地點點頭，然後他看着沫沫，說：「世界上真的有魔女，還有魔法！」

　　男孩雙目抬高，顯得很憧憬的模樣。

　　「你不怕我？」沫沫問。

　　男孩想了想，回說：「我覺得你一點都不可怕。」

　　沫沫嘴角漾起了微笑，她曾經被其他人類說過她是可怕的魔女，那時她心底其實很受傷呢！*

　　「你叫什麼名字？為什麼會去迷霧森林？一般

人類都不會走進那裏。」沫沫好奇問道。

「我叫弗李維，跟老師和同學一起來郊遊學習。不過我跟大家不太合得來，也沒有人願意跟我同組，於是我自己觀察和搜集資料。我不小心越走越遠，迷路了，後來就來到迷霧森林。」

「哦……」沫沫聽弗李維這麼說時，想到自己剛好也獨自一人做着老師吩咐的作業。

「我是沫沫。我跟你一樣，也是一個人在做作業。」

「你也是一個人？」

沫沫點點頭，試探地問：「你沒有朋友？」

弗李維眼神閃過一絲冷漠，**娓娓道來**：「我剛搬到這裏不久，沒有朋友。不過，我也不想交朋友。」

「為什麼？」沫沫感到很好奇，為何有人不想交朋友。

* 想知道沫沫被人類中傷的事，請參閱《魔女沫沫的另類修行1：魔女不可怕》。

弗李維沉默了一下，說：「我不想跟其他人說我的事。別的同學說的話題我也不懂。」

「為什麼不想跟其他人說自己的事？」

「因為……我不想讓人知道我的秘密。」

「你也有秘密？」

弗李維抬起頭，好奇地說：「你也有不想讓人知道的秘密嗎？」

「嗯。」

兩人似乎有了共通點，他們都沒有繼續追問對方到底有什麼不想讓人知道的秘密。

「沫沫你——可以教我魔法嗎？」弗李維問。

沫沫晃了晃頭，回道：「人類沒辦法施展魔法力，不是我不要教你。」

弗李維顯得很失望，沫沫想了想，問他：「雖然不能教你魔法，不過我還有一點時間，可以陪你走走。你應該沒看過會放出煙霧的樹吧？」

「放出煙霧的樹？」弗李維雙目都發光了。

沫沫點點頭，使用速度力帶着弗李維往迷霧森

林的方向前進。

不久，他們停下來了。

「我還是很不習慣這麼快速奔跑，」弗李維晃晃頭，喘了好幾口氣，道：「又累又暈。」

「對不起，我沒想到你會那麼累。」沫沫感到很抱歉。

弗李維搖頭晃手，表示沒關係。

「你看，這就是迷霧森林的由來。這些樹每天有三個時段會噴灑出煙霧。現在剛好是噴出煙霧的時段。」沫沫向弗李維說明道。

「這種看起來像橡膠木的植物，居然會噴出煙霧？」弗李維看着眼前一大片樹幹瘦弱的樹木，好奇地說。

就在他**困惑不解**時，樹皮間居然裂開來，噴灑出一縷縷煙霧，瀰漫在他們周圍。

「原來迷霧森林就是這樣而來的啊！」弗李維感到嘖嘖稱奇，「這些到底是什麼怪樹啊？」

「這些是天淨樹，別小看它們，它們噴灑的煙

霧可以**淨化空氣**，是大自然的寶物。」

弗李維感到很新奇，他走前去觀賞釋放出迷霧的天淨樹，聽着悦耳的沙沙聲，聞着木質香的霧氣，感到身心非常舒適。

就在弗李維和沫沫感受着這特別的香氣時，有個東西從樹上落下來，差點兒掉到弗李維的頭上，沫沫迅速跳上去抓住它！

弗李維嚇了一跳，趕忙問：「那是什麼？」

沫沫張開手，看到裏頭是個形狀像星星一樣的五角果子。

「這是天淨樹的果實——星星果。」

「很可愛！」

沫沫將它交給弗李維，道：「給你吧！」

弗李維**愛不釋手**地拿在手中把玩，感受着它的重量，道：「想不到小小一個星星果，這麼有分量。我可以帶回家嗎？」

「嗯。雖然在人類世界很難看到這種果，不過，這是地球的植物，不用分魔侍世界和人類世

界。」

弗李維珍愛地把星星果收進背包內。

這時天淨樹的「噴煙大會」完結了。

沫沫**一臉疑惑**地皺起眉頭，往旁邊的一棵天淨樹走去，說：「這棵天淨樹噴出的煙霧很少，我懷疑是樹皮被某種東西堵塞，果然是呢！」

「那怎麼辦？」弗李維問，觀察着樹皮上的小疙瘩，好奇地伸手去摸摸看。

「這些應該是天牛的糞便。」

「啊！居然是糞便！」弗李維驚訝得把手縮回來，甩着碰到天牛糞便的手。

沫沫看着弗李維的模樣，**忍俊不禁**地笑了。

弗李維也哈哈大笑起來，自嘲道：「我跟糞便還真有緣。」

「是啊！我再幫你『洗手』吧！」

沫沫說着，使出凝水力，一坨水浮現，弗李維趕緊搓搓手。

突然，弗李維想到了個點子，對沫沫說：「不如我們合力把這些糞便洗掉好嗎？」

「怎麼洗？」

弗李維從背包拿出電動小風扇，道：「你使出凝水力時，我用小風扇吹向黏着糞便的地方！」

沫沫睜大了眼，覺得這提議真好。兩人**說做就做**！

看着樹幹上一顆顆的糞便被沖洗掉，天淨樹恢復潔淨透氣時，他們臉上不禁浮現欣喜而滿足的笑

容。

「沫沫，我⋯⋯還可以來找你玩嗎？」弗李維問。

沫沫想了想，說：「這裏很危險，你絕對不可以來。」

雖然弗李維猜測到沫沫會給他這個答案，但他還是很失望。

「走吧！再不送你回去，你的老師可要報警了！」

「啊！我可不想引人注意。沫沫，你快點帶我回去吧！」

於是，沫沫抽出搬運緞帶，往上一拋，帶着弗李維回到沼澤地。

「這裏應該有訊號，你快打給老師吧！」

「嗯！」

弗李維應答着，拿出手機撥電給老師報平安。掛斷電話後，弗李維馬上轉過頭說：「沫沫，不如我們約在這裏⋯⋯」

弗李維身後**空蕩蕩**的，空無一人，沫沫已經離去。

他顯得異常失落，怔怔地望向沼澤深處。

第十一章
違抗主人的決心

怪手躺在醫務室最裏頭的五號休養間。這兒一般是讓重症病患住進的病房,唯怪手並非一般病患。

為了不驚嚇到其他病患,醫務室的實習護理員提奧特地安排怪手住到這兒。

提奧細心地幫怪手掌心的傷口塗抹好藥粉,綁好繃帶,怪手見已經包紮好,立即**蠢蠢欲動**想爬下牀。

「你別亂動,安心在這裏休養吧!」提奧對怪手說。

怪手只好乖乖地躺在病牀上,不一會兒,牠還是忍不住想下牀,提奧瞅牠一眼,怪手立即躺平,怪手因拉扯到傷口而捲成一團,提奧看到怪手那怪異又滑稽的模樣,不禁失笑。

「真是奇怪的東西。」提奧打量着怪手，嘀咕道：「你的主人到底是誰？從哪裏弄來你這樣的怪東西？」

怪手被提奧看得**渾身不自在**，牠拉上被單，將整個「身子」蓋起來。

提奧搖搖頭，捧着醫療用具走出去。

這時志沁從外頭走過來，他詢問提奧：「怪手在裏面嗎？」

提奧有些意外地點點頭，指向五號休養間。

提奧目送志沁走進去休養間，似乎很好奇怪手的主人。

志沁來到病牀前，沒看到怪手在病牀，喚道：「你在哪裏？」

怪手在被單內聽到志沁叫喚，嚇得發起抖來。牠沒有成功讓沫沫**摔跤**，主人肯定會對牠臭罵一頓啊！

志沁終於發現怪手躲藏在牀上，他一把掀開被單，怪手害怕得一邊晃手一邊因為疼痛而扭曲着

「身子」。誰知志沁非但沒有責怪牠，還稱讚牠道：「做得好！你讓嚴沫沫遲到，找不到人跟她一組，哈哈！走後門的也有這一天啊！」

怪手愣愣地看着主人。

「你知道嗎？嚴沫沫不但一個人一組，還被惡神訓話了好久！呵，聽到惡神訓她的時候，我真的很開心、很高興啊！你沒有看到她那副出糗的樣子，好像快要哭出來了，哈哈哈！還有啊，為了不讓她採集到水晶棉花樹的種子，我特地叫同學幫我採集其他地方的所有種子，你說我這點子是不是很厲害？只不過給同學一些甜頭，他們就都願意幫我採集……」

志沁得意地繼續說着讓沫沫**難堪出醜**的事跡，但怪手越聽越難過。原來沫沫因為牠受了那麼多苦，萬一沫沫真的採集不到水晶棉花樹的種子，不是會被惡神懲罰嗎？

怪手第一次不想順從主人的意思。牠暗自下了決定，牠一定要幫沫沫找到水晶棉花樹的種子！

深夜，一個身影從醫務室悄悄走出來。

牠正是怪手，為了幫助沫沫取得水晶棉花樹的種子，牠必須悄悄回到魔子宿舍，趁着主人志沁睡熟，偷出一顆種子，再放到沫沫的房間。

怪手身上綁着繃帶，朝着魔子宿舍前進。一路上，牠除了要忍耐傷口的疼痛，還必須小心不被值班巡邏的魔侍或修行助使發現。

牠成功抵達魔子宿舍，並溜進牠的主人志沁的房間。

牠發現主人的書桌上擺着十來顆種子，趕緊過去取了一顆包裹在小布袋內。

臨走前，怪手看到牠那舒適誘人的「窩」。牠幾乎受不了**誘惑**想直接躺在上面。但牠晃晃頭忍住了，牠還有重要的任務要完成——將種子拿去沫沫的房間！

怪手再次啟程。牠在微弱的月色中，躲過巡邏

者的耳目悄悄前進，好不容易看到魔女宿舍的外圍了。

由於活動量太大，牠身上的傷口已滲出血來。怪手於是停下來休息一會兒。

就在這時，怪手身後出現了一道黑影。怪手察覺到不對勁，往後一望，長長的黑影將小小的牠包覆起來，怪手懼怕得趕緊逃跑！

傷口撕裂開來了！怪手忍受着劇痛逃向魔女宿舍。

「就在前面了，我一定要交給沫沫⋯⋯」怪手心想着，步履艱難地向前邁進。

黑影很快追過來了。怪手終於不支摔在地上。黑影靠過來，在月光下，怪手看到那黑影的模樣。那是個有着空洞雙眼的可怕怪物⋯⋯

第十二章
無法得逞的詭計

　　魔子宿舍內，志沁一大早**神清氣爽**地從房裏走出來，恰好和仕哲及米勒打了個照面。

　　志沁瞅着米勒，舉高了手，米勒見狀以為志沁早晨心情不好要拿他出氣，立即反射地繞去仕哲後方，不料志沁雙目笑得瞇了起來，道：「早啊！」

　　米勒和仕哲瞪大了眼，懷疑眼前的魔子到底是不是另一個人變形而成。志沁見他們沒有反應，自討沒趣地呵口氣，然後又展開浮誇的笑臉，說：「沒事。待會兒發生的事太有趣了，我實在無法掩飾自己的興奮心情，別在意啊！」

　　說着志沁腳步輕佻地走出宿舍。志沁和米勒面面相覷，不明白志沁到底高興什麼。

課室裏，志沁整個早晨掩不住歡喜地動個不停，平常很少跟同學互動、擺着一副高傲臭臉的他，今天難得地**笑容滿溢**。

不一會兒，他看到沫沫走進來，更是誇張地抬高眼眉，對身旁的派西克和昆特說：「今天我請客！你們想吃什麼都可以。」

向來嘴饞的派西克一臉欣喜，問道：「什麼都可以？真的？」

「當然！難得有那麼值得慶祝的事，當然要請客啦！」

「什麼值得慶祝的事？是你生日嗎？那我可要點最可口美味的朱古力焗烤芝士雲朵菇雞肉三文治、熏文魚蘇米牛油餡餅，再加一個草莓布丁泡芙塔！」派西克說着，口水都快流出來了。

「比我生日還值得慶祝，某個傲慢、不可一世的魔女會被惡神處罰，太**大快人心**了！

「有這樣的魔女嗎？哪裏？」個性單純的直腸子昆特疑惑地左右尋視。

「當然有！就在──我們身邊。」志沁有意無意地望向沫沫，昆特還在看來看去，志沁用眼神給予暗示，但昆特完全抓不着志沁的意思。

「總之啊，你們待會兒等着看好戲吧！」

志沁剛說完，惡神的腳步聲傳來了，大夥兒趕緊**正襟危坐**。惡神手上拿着厚厚的課本，拉了拉高領毛衣，挺拔穩健地走進課室。

「班長，把今天要用到的教具都發給同學，馬上進行今天的專注心緒練習。」

班長仕哲和幾位同學立即將惡神前一天交代的教具──擴香水晶盤發給同學們。

「拿出昨天叫你們採集的水晶棉花種子萃取液，滴在水晶盤上，使用燃火力加熱底盤，等到萃取液揮發時，專注心神**閉目靜坐**……」

大夥兒馬上照着惡神的指示，拿出萃取液，把它小心地倒在水晶盤上。

「別倒太多，一滴就足夠。」惡神囑咐着，巡視同學們的操作。

志沁發現沫沫居然拿得出水晶棉花種子的萃取液，張大着嘴簡直不敢相信自己的眼睛。

「怎麼會？」他哀嚎道，這時惡神看過來，志沁趕忙悤悤地取出萃取液，倒在水晶盤上。

「記得控制好火力。」惡神邊走邊說道。

同學們紛紛唸出在咕嚕咚的魔法力理論課上剛學習的燃火力：「科勾得司火特雅，燒！」

志沁怎麼都想不明白沫沫如何取得萃取液，最後他想到一個可能性：難道她潛進魔子宿舍盜取我的水晶棉花種子？一定是了，校園內的種子確定都被採集完了，她根本不可能採集到，氣死我了⋯⋯

志沁想着想着，憤怒地唸出燃火力咒語，結果沒有控制好力道，嘭地燃起熊熊烈火！

惡神趕緊衝過來，使出滅火力：「卡塔斯微熄，滅！」

幾叢大火迅速熄滅，志沁和他附近幾位同學的髮絲都被熊熊烈火熏得彎曲起來，臉上布滿煙灰，模樣非常滑稽。

惡神鐵黑着臉，將志沁痛責一頓：「不是說了要控制好火力嗎？為什麼還會犯這種不應該犯的錯誤？」

志沁知道是自己疏忽，把頭垂得低低的。

「你知道會造成什麼後果嗎？你不只會燒到自己，還會讓周遭同學遭殃。你以為老師會馬上過來幫你滅火就可以敷衍上課嗎？不認真看待每堂課，最後倒霉的肯定是自己！你是林志沁吧？不管你的舅母是誰，我可不會輕易饒恕你。」

惡神字句清晰地訓誡責罵，志沁的頭越垂越低，他第一次被惡神罵得這麼兇，怕得他全身都發起抖來。

「下課後去古柯里魔法菜園鋤地！」

惡神下了處罰命令，志沁有氣無力地回道：「是……」

「給我打起精神回答！」

「是！」

「你暫時不用做，在旁邊看你的組員做。」惡

神指示志沁的組員艾倫繼續做。志沁悻悻然地看着艾倫練習。

這會兒的沫沫正專注心神在燃燒萃取液。水晶棉花種子的萃取液很難揮發，必須持續使用燃火力。

「不知道還要多久才會揮發出煙霧？」沫沫想着，感到有點吃力。

其他魔侍都有組員輪流行使燃火力，唯獨她必須獨自持續使出燃火力。

沫沫覺得疲累極了，想稍微停下來，但惡神阻過道：「不准停止燃火力！」

沫沫於是硬撐着，繼續使出燃火力慢慢加熱盤子。

這時有些同學歡呼道：「成功了！終於冒出煙霧了！」

不一會兒，米勒和仕哲也歡呼起來。

沫沫看着大家陸續完成了目標，內心不禁浮現一股**難以名狀**的空虛感。

沫沫將視線移回來，尋思：我是怎麼了？以前都是我自己學習、做功課。沒有伙伴我一樣可以做好所有作業。

沫沫盯着水晶盤內的小水滴，慢慢地，終於看到水珠上浮現一絲煙霧，她耐心地使用燃火力，看着緩緩升起的煙霧，卻沒有像其他同學那般開心。

自從有米勒、仕哲和子研三位伙伴陪伴後，沫沫才領略到朋友的可貴。

「原來有朋友一起分享，是多麼開心的事。」沫沫心想。她頭一回感受到沒有伙伴的**孤寂**。

下課後，志沁飯也不吃，氣呼呼地衝去醫務室找怪手。

他徑直走到五號休養間，那兒拉起了簾子，志沁想也不想就一把拉開簾子，**劈頭蓋腦**地說個不停：「那個走後門的太奸詐了，居然敢進來魔子宿

舍偷我的水晶棉花種子！你得快點幫我找到證據，我一定要向惡神舉報她……」

志沁這時發現躺在病牀上的並不是怪手，啞然住嘴。

那兒捲縮着一位身形中等的魔子，他有着一頭灰髮，看起來年紀似乎很大了。

灰髮魔子轉過頭來，那是張有點嚇人的臉孔。眼睛突出，像在瞪人的模樣，鼻子插着一根管子，連接到旁邊的機器。

志沁愣愣地望着眼前的怪魔侍，張大的嘴巴都忘了合起來。

這時有個魔侍走來，責備道：「怎麼可以隨意拉開病患的簾子？還不快點跟尊貴的病患道歉！」

志沁這時才回過神，趕緊說道：「對不起，老師！我以為是怪——呃，我認識的病患。」

「還不快走？沒看到病患需要休息嗎？」那魔侍嚴厲地喝道。

「哦，是！」

志沁慌張地退出五號休養間，正疑惑間，看到提奧經過，追過去問他：「怪手去哪裏了？」

提奧回過身，道：「不曉得呢！昨晚我兩點巡房時牠還在的。不過牠一直都不想待在裏面，一定是趁我不注意時跑出去了！」

「奇怪，怪手怎麼會自己跑出去？」

志沁嘀咕着，突然想起惡神規定三點前必須抵達菜園鋤地，慌慌張張走出去，嘴裏卻還唸叨不停：「得去鋤地了，真倒霉！等我找到怪手，一定要叫牠幫我搜集走後門違規的證據……」

此時的五號休養間，呵斥志沁的魔侍正幫助那名「尊貴」的病患更換氧氣袋，換好後，病患喘了幾口氣，嘶啞着聲說：「這次必須處理好，絕對不能有任何**紕漏**。」

「您放心。這次絕對不會出問題。」旁邊的魔侍畢恭畢敬地回道，似乎非常尊敬老魔侍。

灰髮老魔侍目光深遠地展開**似笑非笑**的面容，很是詭異。

第十三章
命懸一線

　　弗李維在實驗室內盯着眼前的長形量杯。他們這一堂課是科學實驗課，大家應用密度原理做出彩虹高塔。

　　弗李維很快就按照老師的吩咐，將不同密度的顏色溶液滴入量杯，看着慢慢形成彩虹次序的溶液，弗李維並沒有很高興。

　　他望向其他同學，大夥兒嘰嘰喳喳地一塊兒做着實驗，當彩虹色彩出現時興奮地發出歡呼，弗李維內心感到更孤單了。

　　「沫沫在做什麼呢？如果跟沫沫一起做彩虹高塔實驗，肯定很開心！」他立即沉下臉吁口氣，「可惜這是不可能的事。要是沫沫住在人類世界就好了……」

　　弗李維心想着，不禁有了個大膽的想法。

　　放學後，弗李維打電話跟媽媽說去找朋友做功課，然後就匆忙搭上通往沼澤區的巴士。

　　他內心滿滿的憧憬，期待着與他的朋友——沫沫見面。沿途看到的風景顯得鮮活亮麗，一切都變得美好無比。

　　「當初剛搬家到這裏的時候，為什麼沒有發現沿海風景那麼漂亮呢？」弗李維不禁想。

　　很快地，巴士抵達沼澤區旁邊的公園。弗李維憑着記憶走過沼澤區，尋找着一棵棵高大的棕櫚樹。

　　「我記得那天跑過一大片的棕櫚林……」

　　弗李維拿出隨身攜帶的望遠鏡，找到棕櫚樹的蹤影，快步跑了過去。

　　弗李維步履艱難地走在棕櫚林中，一邊尋視迷霧森林。

棕櫚林內又悶又熱，弗李維走得全身濕透、皮膚**黏膩**，還要忍受蚊蟲的干擾和侵襲，但他一想到可以跟沫沫見面，讓沫沫陪他探索樹林、談談天，就不覺得辛苦了。

雖然如此，身子本就不太健壯的他終究還是累得走不動了。

弗李維坐下來歇息。他從口袋拿出星星果，想起跟沫沫一起欣賞天淨樹噴出壯觀煙霧的情景，嘴角**自然而然**地往上彎曲，似乎立即恢復了體力。

弗李維繼續尋找迷霧森林，走得累了就拿出星星果看幾眼，再接著走。

天色逐漸暗下來，天空還下起了毛毛雨，弗李維全身濕答答地踩在泥地中，但他並沒有因此而退縮。

不久，弗李維似乎看到前面霧霾瀰漫，他興奮地加快腳步，以為迷霧森林就在前面，但走過去時發現只是普通的水氣蒸發現象。

「沫沫，我又迷路了。你快點出現在我眼前

吧！」

弗李維祈求着，神奇的是，上天好像聽到了他的請求，樹林中果然傳來一些聲響。

弗李維露出驚喜的笑容，看向樹林深處，大聲地説：「沫沫，你來了嗎？」

樹林中的腳步聲越來越近，弗李維期待地盯着聲音傳來的方向。

那身影漸漸顯現出來，是個陌生人。他頭戴斗篷，因此弗李維看不清他的模樣。

「你是……」弗李維往後退了兩步。

「你是**低等族類**？」那陌生人問道，眼中充滿了厭惡。

「不，我……我叫弗李維。你是魔侍？」弗李維説。

戴斗篷的魔侍似乎感到很意外，打量弗李維，問道：「你知道魔侍？難道你不是人類？」

「不，不。我是人類。不過，我的確知道魔侍。」

戴斗篷的魔侍不屑地翹起嘴角，冷哼一聲：「居然是知道魔侍的低等族類，看來你親屬中有滅魔部隊。」

「什麼滅魔部隊？」弗李維**一臉困惑**地問。

該魔侍沒有回答，這時樹林中有把暗啞的聲音說道：「把他除掉。不能讓低等族類發現我們的所在地。」

「除掉？」弗李維暗暗**吃驚**，趕緊說：「不，我不會說出魔侍的事，我真的什麼都不會說——」

「系諾絲，眠！」該魔侍對着弗李維喊道。

弗李維立即失去知覺，昏睡在地上。

樹林中有位灰髮的魔侍走出來，盯着昏睡的弗李維，道：「他要找的沫沫，是尼克斯魔法修行學校的魔女？」

「是的，她是就讀水三班的魔女，名喚嚴沫沫，是嚴農的女兒。」

「哼！原來是他的女兒。想不到膽小懦夫有這麼忤逆的女兒。」

灰髮魔侍盯着昏睡的弗李維，似乎在思索該怎麼處理他。

旁邊的魔侍提議道：「我會想辦法除掉他。」

「不能這麼輕易除掉。」

「我知道，不如……」

時間過去，弗李維幽幽醒過來。

兩眼還未睜開的他感覺到手腕似乎很痛。待他睜開眼，立即被眼前的景象嚇得說不出話來。

他腳下居然是萬丈深淵！

等到他稍微冷靜下來，發現自己被捆綁着手，掛在一棵懸崖邊的樹上，他焦急得想哭，但現下想辦法讓兩腳架到樹枝上比較重要，至少有個落腳的支點，手腕不會那麼痛，也不會在繩子鬆脫時馬上墜入深淵。

他奮力彎腰，兩腳終於夾住最靠近的樹枝。

此時的他驚慌不已，極力呼救道：「沫沫！快來救我！沫沫！我很怕……」

弗李維叫着叫着，聲音顫抖起來。他怕高，也怕死。他從來沒有想過會面臨這麼可怕的境地，這不是電影才有的驚險情景嗎？為什麼會讓他遇到這麼可怕的事？

「沫沫！你快來！我要撐不住了……」

弗李維綁於樹枝的手腕已經摩擦得脫皮，流出鮮血，但他的恐懼已經凌駕他的疼痛。

第十四章
被遺忘的悲痛

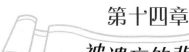

尼克斯魔法學校圖書館內，沫沫沿着書架分類牌子搜尋着，好不容易才找到一本跟惡神交代的氣候課題相關的參考書籍。

她專注地翻閱資料時，書包內傳來細小的唧唧聲。沫沫馬上警覺到有事發生，悄悄打開書包觀察綠水石。

沫沫並不知曉，萬聖力老師聽見了綠水石發出的聲音，正在不遠處關注着她的**一舉一動**。

綠水石內的小小弗李維被懸掛於山壁邊，拚命呼救！

沫沫**毫不猶豫**地提起背包，運用速度力衝了出去！

她衝出圖書館時，正好與惡神擦身而過，惡神預感到有事發生，緊隨而去。

沫沫鑽去最靠近的樹林，拿出魔法搬運緞帶，心想着剛才看到的場景，將緞帶往上一拋！

　　下一秒，沫沫已來到懸崖邊。

　　她瞬即唸道：「提希而，騰空！」

　　沫沫迅速飛身而起，來到被掛在山壁的弗李維跟前，說：「別怕！我來救你了！」

　　弗李維淚眼婆娑，見到沫沫，鼻頭一酸，哭得更厲害了！

　　沫沫將弗李維輕放到附近的草叢，幫他解開捆綁住手腕的繩子。

　　「好了，沒事了！」沫沫安慰他道。

　　弗李維驚魂未定，啞着聲委屈地瞅着沫沫。

　　雖然不知道為何弗李維會被捆綁在懸崖邊，但沫沫知道弗李維一定是為了找她才會遇到這麼可怕的事。

　　「對不起，是我讓你陷入險境。」沫沫說。

　　「不，是我自己要來找你的，我不應該不聽你的話……」

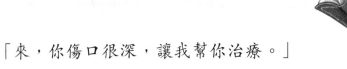

「來，你傷口很深，讓我幫你治療。」

沫沫拿出魔法療癒緞帶，幫弗李維止血和癒合傷口。弗李維看到自己手腕的傷口漸漸癒合，感到很**不可思議**。

此時在樹林中，藏着戴斗篷的魔侍，他身後還有個盒子。

那魔侍打開盒子，對盒子內的生物說：「你過去引開那位魔女。」

盒子內的生物**瑟瑟發抖**，怎麼都不肯出來。

「還不快去？」

原來盒子內的，居然是怪手！

怪手對沫沫很是欽佩，牠不願做出任何對沫沫或沫沫的朋友不好的事。

「你不肯是嗎？你不怕牠？」

怪手顫抖得更厲害了，似乎很懼怕魔侍提到的「牠」。

怪手慢慢爬出盒子，一步步向沫沫和弗李維靠去，就在這時，樹林上空有道身影掠過，怪手抓準

時機，迅速逃走！

戴斗篷的魔侍知道有其他魔侍靠近，無可奈何地隱身逃離。

這會兒，那位空中飛行的魔侍降落地上，沫沫驚愕地挺在弗李維身前。

來者是教導沫沫他們人類學的凌老師，他嚴厲地訓斥沫沫：「你知道你觸犯了魔侍守則嗎？要不是萬老師通知我，你還會繼續犯錯！」

沫沫想起魔侍守則中的第二條：**與人類保持距離，不能與他們成為朋友。**

她知道自己不對，趕緊對凌老師說：「對不起，老師。我會將他送回去人類世界，請不要責罰他。」

「我當然不會責罰他，他不知道這件事的嚴重性。不過，我必須消除他的記憶。」

弗李維聽得**一頭霧水**，訥訥問道：「消除記憶？為什麼要消除我的記憶？」

沫沫無奈地對弗李維說：「魔侍世界有規定，

我們不能跟人類做朋友，也不能讓人類知道魔侍世界的存在。因此，我們必須消去你的部分記憶。」

「不！別消除我的記憶！我絕對不會說出你們的事！最多我以後再也不來找你！我可以不跟你做朋友，但我不想忘記遇見沬沬你的事⋯⋯」

弗李維說着，淚流不已地央求不停，但凌老師**冷面無私**，對着弗李維毫不猶豫地扔出遺忘緞帶！

只見弗李維鬆開了抓住沬沬的手，呆呆地站在原地。半晌，他的眼神從呆滯恢復了神采，他看着沬沬和凌老師，顯得很困惑。

「弗李維，你——還好嗎？」沬沬問。

弗李維防備地說道：「你是誰？為什麼知道我的名字？」

凌老師對沬沬晃晃頭，說道：「不用多作解釋。」

弗李維往後退了幾步，這時，他口袋中掉出一個東西，落在地上時發出清脆的聲響。

那是沫沫送給他的星星果，是弗李維非常珍視的寶物。

沫沫幫他撿起來，説：「這是你的東西。」

弗李維疑惑地看着星星果，**面有難色**地説：「不，這不是我的。」

沫沫的心突然像被什麼東西揪住一般。原來，弗李維真的什麼都忘記了。

凌老師跨過沫沫身前，對弗李維使出催眠力，並使用飛行力將弗李維帶走。他們飛起那一刻，沫沫及時將星星果放進弗李維的背包內。

她抬頭望向漸去漸遠的凌老師和弗李維，不捨地流下難過的淚水。

「為什麼魔侍不能跟人類做朋友？」沫沫悲傷地質疑，「弗李維除了不會魔法，他跟我們沒有什麼不同。他的笑容很真誠，有一顆很善良的心……」

沫沫回想起那天和弗李維在迷霧森林的會面，他幫沫沫接住掉下來的鳥糞，弗李維説她使出的是

洗手魔法時大家笑成一團的情景，還有他們一起合力幫天淨樹清潔樹幹的事。

　　沫沫頭一回有了個能理解她的孤獨、心靈投契的朋友。想不到他們的友誼這麼快就結束。

　　「永不再會了，弗李維，我的人類朋友。」沫沫哽咽地說。隨即她抿抿嘴，眼神回復冷酷，抽出搬運緞帶，瞬間消失無影。

第十五章
坎坷的命運

天色漸黑。迷霧森林中還有個東西在竄逃。

那是逃跑中的怪手。

為了沫沫，牠違抗了斗篷魔侍的指示。牠知道萬一被抓住，後果**不堪設想**。

牠絕對不想再看到那個可怕的生物。

但掌心還在滲血的牠，想要遮掩鮮血的氣味躲在迷霧森林中不被追蹤到，似乎並不可能。

很快地，有個生物聞到了怪手的氣息，迅速朝着怪手爬行過去。

怪手警覺到牠來了，顫慄得走路歪歪斜斜，一個跟蹌撲倒在地。那生物向牠爬了過來，怪手躲避不及，就這麼被牠的**血盆大口**一口吞下……

下期預告

魔侍世界的懲戒所是令魔侍懼怕的部門，沫沫卻因為觸犯了魔侍守則第二條，與人類成為了朋友，而被帶到懲戒所接受審查！

懲戒所機關重重，沫沫跟隨麒麟閣士南德前往，二人步步為營，好不容易才進到審查院。

坎特貝拉是審查院的主審官，她想盡辦法要給沫沫定罪，沫沫有辦法逃過一劫嗎？

沫沫在陰森可怖的地牢內遇見一位意想不到的魔侍——哈里斯先生。原來哈里斯先生犯了重罪被關押於地牢，他在這裏接受嚴厲酷刑，但心裏卻有個多年的牽掛……

想與沫沫一起探索魔法世界？
請看《魔女沫沫的另類修行11》！

魔女沫沫的另類修行10

孤獨的朋友

作　　　者：蘇飛

繪　　　圖：玉子燒

責任編輯：黃稔茵

美術設計：李成宇

出　　　版：新雅文化事業有限公司

　　　　　　香港英皇道499號北角工業大廈18樓

　　　　　　電話：(852) 2138 7998

　　　　　　傳真：(852) 2597 4003

　　　　　　網址：http://www.sunya.com.hk

　　　　　　電郵：marketing@sunya.com.hk

發　　　行：香港聯合書刊物流有限公司

　　　　　　香港荃灣德士古道220-248號荃灣工業中心16樓

　　　　　　電話：(852) 2150 2100

　　　　　　傳真：(852) 2407 3062

　　　　　　電郵：info@suplogistics.com.hk

印　　　刷：中華商務彩色印刷有限公司

　　　　　　香港新界大埔汀麗路36號

版　　　次：二○二四年七月初版

ISBN: 978-962-08-8424-5